이 모든 것이 사랑이 아니라면

거친 삶의 틈바구니에서 찾아낸 들꽃 같은 이야기들

이 모든 것이
사랑이 아니라면

정인경 지음

 예담

일러두기

* 본문에 등장하는 인물의 이름은 모두 가명입니다.
* 이 책은 지은이가 겪은 이야기와 전해 들은 이야기를 각색한 것입니다.
  뜻밖의 인연으로 이야기를 전해주신 모든 분들께 감사의 말씀을 전합니다.

사랑할 때는 누구나 별이 된다

어릴 적 꿈을 꾸었다.

시작도 끝도 알 수 없는 서가에 셀 수 없이 많은 책들이 꽂혀 있었다. 서가의 주인인 어떤 할아버지가 책 하나를 빼어 나에게 주었다.

그 책은 한 권이었는데 도서관의 책 모두이기도 했다.

"이 책에는 사람들과 세상의 모든 것이 적혀 있단다."

책을 받아들고 책장을 넘기는 순간, 금빛으로 쓰인 글씨들이 움직이더니 심연과도 같이 깊고 검은 바닥으로 떨어져 산산이 조각났다.

몇 년 전, 밤 비행기에서 도시를 내려다보았다.

검은 땅은 마치 밤하늘 같았다. 지상에서 반짝이는 모든 불빛이 별처럼 보였다. 산산이 부서져 세상에 떨어져버린 금빛 비밀들 같았다.

나는 깨어 있는 채로 어릴 적 꿈의 뒷부분을 꾸었다.

지상의 불빛 하나하나가 천상의 별처럼, 먼 곳에서 온 비밀을 숨기고 있었다. 어느 빛에서 아이들이 태어나고, 먼 곳 어떤 빛은 연인들의 사랑을 비춰주고, 어느 빛 아래에서 누군가는 지상에서의 마지막 말을 한다.

저 아래, 조각나 흩어진 글씨가 살아 움직이고 있었다.

"사람이 빛의 씨앗이다."

그때 나는 꿈을 실현하기로 결심했다. 검은 땅의 빛 속으로 들어가기로. 그러자 사람들이 나를 찾아왔다. 나는 사람들과 마주하고 거짓 없는 진심에서 우러나오는 존경과 신뢰를 가지고서 그들의 이야기를 들었다. 그러자 그들은 삶의 씨앗과도 같은 작은 비밀을 열어주었다. 나는 진실과 거짓의 사각지대에서 빛의 이야기를 적었다.

마침내 그와 나는 빛 안에 있게 되었다. 우리는 삶에 대한 비밀을 풀 수 있는 황금 열쇠를 서로의 손에 쥐어주고 있었다.

이 책은 그런 우리의 이야기를 모은 것이다. 생각이 닿지도 않는 곳에서 온 빛 한 줄기들, 말이 범할 수 없는 곳에서 찾은 꿈 한 조각들을 모은 것이다.

나는 차마 바라고 싶다. 당신 앞에 펼쳐진 이 책이 당신에게 질문을 던졌으면 한다.

"네가 지상에 심어놓은 금빛 비밀은 뭐니?"

그러면 당신의 것이기도 하고 나의 것이기도 한 애틋하고 소중한 빛의 이야기가 밝혀질 테니까.

Prologue · 5

I. 세상에 내려온 별 하나

구름다리 위의 거지별 · 12
오토바이와 〈오버 더 레인보우〉 · 22
늙은 개와 소년의 이야기 · 30
내 어머니는 무당이었습니다 · 38
별은 어둠 속에서 뜬다 · 48
비밀을 지켜주는 어른 친구 · 56
삶을 여행하는 사람 · 66

II. 우리는 어쩌다 만나

못난이 돌의 노래 · 76
꽃이 피는 이유를 알 수 없듯이 · 86
사랑은 슬퍼야 아름답고 삶은 슬퍼야 빛난다 · 96

지상에 두고 간 마지막 인사 · 104

우리가 다르지 않은 무엇이 될 때 · 112

마음을 담아 드립니다 · 120

나는 그들을 만나기 위해 이곳에 왔다 · 128

Ⅲ. 오늘, 당신의 곁으로 기적이 지나갑니다

사랑 말고 어떤 말이 필요할까요 · 140

힘이 세지는 약 · 148

어머니와 딸 · 156

그런 사람이 있었습니다 · 164

엄마는 밤하늘의 너의 별이야 · 174

하고픈 말 한마디 나누지 못하더라도 · 184

별이 전해준 이야기 · 194

Epilogue · 204

I

세상에 내려온 별 하나

… 우리는 검은 하늘에 하얗게 피어난 별들 중에서 유독 밝은 주황색으로 빛나던 별자리를 찾았다. 여름 한밤, 장맛비 때문에 보기 힘들었던 고귀한 별을 찾아냈다. 그러면 먼 하늘 깊은 곳의 별은 다정한 소리가 되어 우리가 얼마나 작고 시시한 일로 속상해하는지를 반짝반짝 속삭여주었다. 우리는 그렇게 별로 이어진 인연이었다.

구름다리 위의
거지별

거지가 나타났다

육교 위에 늙은 거지가 나타난 것이 약 3년쯤 되었다. 잘나가는 동네에 특급 호텔이 들어섰을 무렵, 8차선 대로를 가로질러 아름다운 육교가 세워졌다. 프랑스의 유명한 건축가가 설계했다는 이 육교는 무지막지한 것이 아니라 한 번쯤은 그 위에 서고 싶을 만큼 아름다운 구름다리였다.

육교의 북쪽에는 백화점, 쇼핑몰, 호텔 들이 들어서 있어 서울의 다른 어느 곳보다도 많은 사람들과 돈이 모여들었다. 육교의 북쪽에서는 돈만 있으면 얼마든지 찬란하고 편안하게 살 수 있었다. 그야말로 삶의 진수를 보여주는 곳이었다.

그러나 육교의 남쪽 계단으로 내려가면 대학 병원의 영안실과 바로 연결되었다. 황홀한 도시의 전경 맞은편에 누구나 언젠가 가야 하는 곳, 죽은 사람들의 마지막 거처가 있었다.

삶과 죽음 사이에 떠 있는 육교에 어느 날부터인가 깡마른 할아버지 거지가 책상다리를 하고 앉아 있기 시작했다. 동네 사람들은 이 다리가 거지에게는 명당이라는 것을 곧 알게 되었다.

하루에도 수백 명이 친하게 지냈거나 간혹 미워했거나 그냥 아는 사이였던 죽은 자와 지상에서의 마지막 인사를 나누기 위해 다리를 건너갔다. 사람들은 삶에서 죽음을 만나러 갈 때는 늙은 거지에게 그다지 신경을 쓰지 않았다. 하지만 장례식장에서 죽음을 만나고 삶으로 돌아오는 길목에서 보는 거지는 그냥 거지가 아니었다. 늙고 가난하고 건강해 보이지도 않는 그 거지에게서 사람들은 가난하고 늙고 병들지 모르는 자신을 겹쳐 보는 듯했다. 사람들은 할아버지 앞에 동전보다는 지폐를, 던져주기보다는 공손하게 놓고 갔다. 그러고는 다시 다리를 건너 각자의 삶 속으로 흩어졌다.

처음에 나는 그를 영리한 거지로 보았다. 아니면 가짜 거지일 것이라고 생각했다. 그의 앞에 놓인 빨간 바구니를 얼핏 보고서 한 달 수입을 대략 계산해본 적이 있는데 액수가 대단했다. 혹시 직업적인 거지가 아닐까 하는 의심이 들었다. 왜냐하면 그는 거지라고 하기에는 매우 단정한 차림을 하고 있었기 때문이다.

게다가 그는 고개를 수그리지도 않았다. 보통 거지들은 죄인처럼 고개를 푹 숙여 얼굴을 숨기는데, 그는 뻔뻔해 보일 정도로 고개를 빳빳하게 쳐들고 있었다. 무엇보다도 그는 구걸을 하지 않았다. 돈을 관리하지도 않았다. 다른 거지들은 큰돈을 주머니 같은 곳에 옮겨 넣고 바구니에는 동전만을 두는데, 그는 무관심한 것인지 보고 싶지 않은 것인지 움푹 팬 두 눈을 항상 감고 있었다. 나는 그가 지하철역의 화장실에서 깨끗하게 세수를 하고 늘 들고 다니는 가방 속에서 말끔한 겉옷을 꺼내 갈아입고는 자신의 아늑한 집으로 향하는 장면을 상상했다. '저 할아버지의 아내는 남편이 거지 짓을 한다는 것을 알까?' 궁금해지기도 했다.

  그해 겨울, 나는 늙은 거지를 불쌍히 여기게 되었다. 정기 세일을 하던 백화점에서 돌아오던 길에 그가 육교 위에 앉아 있는 것을 보았다. 육교 위로는 칼바람이 불었고 군데군데 아직 녹지 않은 눈이 쌓여 있었다. 그런데도 늙은 거지는 거기에 앉아 있었다.

  그의 얇은 옷은 한겨울 나뭇가지에 겨우 매달린 마른 잎사귀처럼 흔들리고 있었다. 깡마른 몸은 꼿꼿했고 파래진 입은 떨지 않으려고 꽉 다물어져 있었다. 그는 죽은 나무의 밑동 같았다.

  다만 늙은 거지의 얇고 뾰쪽한 어깨만이 "아무것도 묻지 마세요. 아무것도 알려 하지 마세요. 그냥 불쌍히 여겨주면 안 되나요? 무슨 일로 늙은 얼굴을 가지게 되었는지, 무슨 이유로

천하디천한 거지가 되었는지 묻지 마세요" 하고 말하는 듯 가만히 떨리고 있었다.

나는 그가 그렇게 매일 여기에 있었다는 것을 알 수 있었다. 그는 영리한 거지가 아니었다. 가짜 거지도 아니었다. 이 추운 겨울날에도 다리 위에 앉아 있어야만 하는 절박한 이유를 가진 진짜 거지였다.

이제 나는 그를 존경하기 시작했다. 그는 거지가 아닐지도 몰랐다. 어쩌면 '성자가 되고 싶은 거지'일지도 모른다는 생각마저 하게 되었다.

그는 여름 장마철과 겨울 폭설 때의 단 며칠을 제외하고는 빠짐없이 육교에 나왔다. 영안실에서 나왔을 때 보이는 오른쪽 중간쯤이 그가 앉는 자리였다. 그곳에서 그는 눈을 지그시 감은 고고한 얼굴로 등을 곧추세운 채 책상다리를 하고 앉아 있었다.

어느 날 해질 무렵, 나는 그의 진짜 얼굴을 보았다. 그의 검은 얼굴이 오렌지색으로 물드는 순간, 움직일 것 같지 않던 그의 눈이 뜨이며 그윽하게 노을을 응시했다. 입술이 벌어지자 이가 빠진 그의 입안이 보였다. 사람의 얼굴에 환희라는 글자를 쓸 수 있다면 어떻게 써야 하는지를 나는 보고 있었다. '거지'라는 것은 이 세상에서 그가 쓰고 있는 가면 같았다.

　그날 이후 나는 그가 궁금해서 견딜 수 없었다. 바구니에 돈을 놓으면서 그에게 말을 걸었지만 묵묵부답이었다. 입을 열지 않기로 작정한 것일까? 아니면 진실로 귀를 닫아버린 것일까? 먹을 것을 주면서 그의 몸을 건드렸지만 눈도 꿈쩍이지 않았다. 그는 모르는 척하기로 한 것일까? 아니면 진실로 눈을 감아버린 것일까?

　그가 우리 앞에 거지로 나타나 이러기를 올해로 3년이 되었다. 늙은 거지처럼 3년이나 눈을 감는다면, 아무리 멍청한 사람이라도 선한 지혜 하나는 얻을 것 같았다. 깡마른 거지처럼 입을 다문 채 3년을 보낸다면, 아무리 겁이 많더라도 오직 필요한 것만을 취하고 가난할 수 있는 용기가 생길 것 같았다. 움직이지 않는 거지처럼 3년을 귀를 닫는다면, 그 어떤 욕심쟁이라도 영혼을 열 수 있는 아량을 배울 것만 같았다.

　그는 정말로 아무것도 아닌, 진짜 몸도 병들고 마음도 늙은 거지에 불과할 수도 있다. 그래도 지난 3년간의 그를 '아무것도 아닌 것'으로 치부할 수는 없을 것이다. 가장 낮은 자리에서 누구보다도 외롭게, 하지만 의연하게 살아가는 사람이 있다는 것을 그는 충분히 보여주었다. 거지에 불과한 그의 모든 것이 내가 그를 존경하는 이유가 되었다.

우리가 모르는 밤하늘에 거지별이 뜨기를

그는 내 세계에서는 구름다리 위에 뜬 별이다.

나는 이 별이 삶의 여행을 즐기는 순례자처럼 살기를 바란다. 세상 안에서 세상 밖으로 건너가는 영혼의 여행을 즐기기를 바란다. 그가 살고 있는 엄청난 고독과 비참한 가난 속에서 어떤 각별한 순간을 발견하기를 바란다. 스스로 원해서 가난을 사랑하는 거지가 되어 살았고, 그렇게 살다 보니 문득 성자가 되었다는 것을 깨닫는 순간이 오기를 바란다.

하지만 동시에 나는 사람들이 그가 정말로 누구인지 모르기를 바란다. 동냥질을 한 거지였다고 오해하기를 바란다. 그래서 진실도 사라진 곳에서 그가 아무런 흔적도 없이 사라지기를 바란다. 그렇게 되면 이 세상에 차마 알 수 없는 위대한 비밀이 하나 더 생겨나, 우리가 도무지 상상도 할 수 없는 우주의 한구석에 새겨져 별처럼 반짝일 것이다.

우리가 모르는 밤하늘에 별이 되어 뜨기를.

그 다음의 이야기

언젠가부터 육교 위에 젊은 거지가 나타났다. 그런데 늙은
거지와 젊은 거지가 함께 앉아 있는 일은 매우 드물었다. 마치
신사협정을 맺은 것처럼 두 사람은 번갈아가면서 육교 위에서
구걸을 한다.

나는 이 별이 삶의 여행을 즐기는 순례자처럼 살기를 바란다.

세상 안에서 세상 밖으로 건너가는 영혼의 여행을 즐기기를 바란다.

그가 살고 있는 엄청난 고독과 비참한 가난 속에서

어떤 각별한 순간을 발견하기를 바란다.

스스로 원해서 가난을 사랑하는 거지가 되어 살았고,

그렇게 살다 보니 문득 성자가 되었다는 것을

깨닫는 순간이 오기를 바란다.

......

우리가 모르는 밤하늘에 별이 되어 뜨기를.

오토바이와
〈오버 더 레인보우〉

"행복한 작은 파랑새가 무지개 너머로 날아간다면,
왜, 왜 나라고 날아갈 수 없을까?"
_〈오버 더 레인보우〉

오토바이가 다가왔다

이십 대 때부터 운전을 한 내 친구는 운전을 할 때 교통경찰만 빼고는 아무것도 겁나는 게 없단다. 서른이 넘어서 운전을 한 나는 아직도 교통경찰만 빼고 모든 게 다 조마조마하다. 깜빡이도 켜지 않고 무작정 끼어드는 차에는 간이 철렁하고 인간의 발이 차보다 강하고 빠르다고 생각하는 보행자 앞에서는 심장이 쪼그라든다. 큰 덩치를 들이대는 버스의 행패에는 치가 떨린다.

하지만 제일 무서운 것은 배달 또는 퀵서비스 오토바이다. 곡예를 하듯 차 사이를 이리저리 피해 횡 하고 내빼는 오토바이의 꽁무니를 바라보면 사람 목숨이 하나가 아니었나 싶을 정도다. 더구나 예전에 차와 오토바이가 부딪치는 처참한 장면을 본 적이 있어서 오토바이에게는 길을 내주고, 심지어 오토바이의 주행을 고려해 차선까지 바꿔가며 가능한 한 멀리 떨어져서 운전을 한다.

며칠 전 도저히 화해가 불가능할 것 같았던 오토바이를 사랑하게 되었다.

때 이른 폭염으로 생긴 아스팔트의 아지랑이에 거리가 무너질 듯이 흔들려 보였다. 그런 날 교외로 볼일을 보러 나갔다가 두 시간도 넘게 운전을 해 오후 6시쯤, 집이 있는 서울에 들어왔다. 나는 고속도로를 벗어나서 만나는 첫 신호등에서 차를 멈췄다. 일을 마치고 돌아가는 터라 내 마음은 한껏 여유로운 상태였다.

마침 라디오에서는 〈오버 더 레인보우Over The Rainbow〉가 흘러나왔다. 한낮의 정념도 사그라진 이른 저녁, 잃어버린 꿈과 희망에 관한 노래는 마음을 순하게 만들었다. 나는 볼륨을 올렸다. 저녁노을이 내가 사는 도시를 물들이듯이 아름다운 노래가 나와 같이 살고 있는 사람들의 마음을 적셨으면 했다.

한창 노래에 빠져 있는데 퀵서비스 오토바이 한 대가 내 차 옆에 섰다. 통상 오토바이는 정지선 쪽으로 비집고 나가 전투 대열의 선발대처럼 바짝 긴장하고 있다가, 신호가 바뀌자마자 쏜살같이 나가지 않는가?

'뭐지?'

오토바이에서 떨어지려고 앞쪽으로 차를 움직였다. 그러자 오토바이 역시 나를 따라 나오더니 아까보다도 더 바짝 옆으로 붙었다.

'저 사람이 왜 이러지?'

다시 앞차에 바짝 붙어 차를 세웠다. 그런데 이 오토바이가 다시 내 옆에 다가와 서는 것이었다.

나는 더 이상 움직일 수 없었다. 화가 났다. 오후의 느긋한 여유를 오토바이가 깨뜨린 것이다. 아름다운 노래로 채우려는 내 마음을 다치게 한 것이다. 오토바이를 무시하고 나에게 집중하려고 볼륨을 더 높였다. 그래도 화가 가라앉지 않아서 노래를 듣는 둥 마는 둥 하는 사이에 어느덧 노래는 끝났다. 그런데 노래가 끝나자마자 오토바이는 노래를 잘 들었다는 듯이 내 차에서 떨어지더니 유유히 앞쪽으로 나가 다른 오토바이들 틈에 섰다.

순간 머리가 멍해졌다. 오토바이 아저씨는 나와 함께 〈오버 더 레인보우〉를 듣고 있었던 것이다.

나는 분명 이 아름다운 노래를 혼자가 아니라 내 가족, 내 친구, 내가 아는 사람 그리고 내가 사는 도시의 사람들과 같이 듣고 싶었다. 우리가 모진 하루를 견디고 이겨낸 것을 서로 어울려 위로하고 격려하고 싶었다. 그때 나와 함께 이 도시에서 살고 있는, 하지만 내가 싫어하는 오토바이를 탄 그가 왔다. 오토바이 위의 그도 〈오버 더 레인보우〉라는 노래를 좋아한 사람이었던 것이다.

오토바이를 탄 그는 나보다도 더 많은 위로가 필요한 사람이었던 모양이다. 내가 괜한 짜증을 내며 노래를 흘려들었을 때도 그는 땀으로 완전히 젖은 헬멧 안에서 귀에 집중하며 노래를 붙잡았다. 무엇이든 절실하게 필요한 자가 갖게 마련이다. 내 차에서 흐른 〈오버 더 레인보우〉는 그를 위한 것이었다.

나는 오토바이 위에 앉아 있는 그에게서 눈을 뗄 수 없었다. 내가 크게 튼 노래가 그의 귀를 붙잡았듯이 그의 뒷모습은 내 눈을 붙잡았다. 그의 뒷모습은 내 선입견을 깼다. 무지막지한 오토바이가 동화와도 같은 노래를 좋아한다는 것은 신선한 경이였다.

그의 뒷모습이 노래처럼 아름답게 보였다. 그와 나 사이에 말로는 설명할 수 없는 낭만적인 기분이 끼어들었다. 나는 뜻하지 않게 그를 위로해주었다는 것이 뿌듯했다. 그 또한 시끄럽고 번잡한 도로에서나마 꿈과도 같은 노래를 들은 것에 기분이 좋아진 것 같았다. 그의 등은 왜 그가 내가 튼 〈오버 더 레인보우〉에 응하게 되었는지를, 왜 그가 나처럼 그 노래를 좋아하는지를 이야기해주었다.

우리는 어느 곳에선가 같은 별을 보았다

어린 시절 그와 나는 슬픔이 밀려들 때나 위로가 필요할 때 밤하늘을 쳐다보았다.

우리는 검은 하늘에 하얗게 피어난 별들 중에서 유독 밝은 주황색으로 빛나던 별자리를 찾았다. 여름 한밤, 장맛비 때문에 보기 힘들었던 고귀한 별을 찾아냈다. 그러면 먼 하늘 깊은 곳의 별은 다정한 소리가 되어 우리가 얼마나 작고 시시한 일로 속상해하는지를 반짝반짝 속삭여주었다.

우리 앞에 놓인 기나긴 인생에서 언제나 함께해줄 자신만의 별을 우리는 그때 같이 갖고 있었다. 우리는 그렇게 별로 이어진 인연이었다.

나는 무지개 너머 영원한 행복의 나라를 빌었던 소녀처럼 '나'의 별에 다다르고 싶은 심정으로 〈오버 더 레인보우〉를 준비했고, 그는 나를 찾아와 어린 날의 희망이 담긴 그 노래를 같이 들었던 것이다.

나는 장년의 그가 〈오버 더 레인보우〉의 노랫말처럼 얼마나 아름답게 살고 있는지도 알게 되었다. 세상에 탄생한 노래에는 삶의 향기를 주는 진정한 주인들이 있는데, 오토바이 위의 그는 그 노래의 진정한 주인들 중 한 명이었다.

파란 하늘을 이고 있는 그의 등은 그가 사랑하는 사람의 밥을 걱정하는 변변하지 못한 남자라고 이야기해주었다. 간혹 장난삼아 로또를 사지만 그는 세상 사람들이 한 번쯤은 가지고 싶어 하는 부는 꿈꾸지 않는다고 했다. 그는 비록 가난하더라도 부당하게 벗어나려 하지 않는 사람이라고 했다(공자, 《논어》중에서).

그래서 그의 주변 사람뿐만 아니라 그 자신도 주변머리가 없다고 생각하지만 사실 그는 사랑하는 사람의 밥을 걱정하는, 밥 한 공기에 담긴 삶의 크기를 아는 착한 남편이라고 했다.

무지개처럼 아름다운 등은 그가 어린 시절 자장가에서 들었던 나라를 매일 밤 꿈꾼다고 이야기해주었다. 감히 꿈꾸었던 일들이 이루어지는 그곳에서 잠을 깨는 꿈을 꾼다고 했다. 그는 차마 가질 수 없는 꿈 때문에 괴로워하지만 그래도 꿈꾸는 것을 두려워하지 않는 용기 있는 사람이라고, 그래서 그는 세상 속으로 모험을 떠나려는 어린 자식들에게 젊은 날의 꿈을 나누어줄 수 있다면 죽어도 좋다고 생각하는 위대한 아버지라고도 했다.

높은 굴뚝처럼 강인한 그의 등은 그가 매일매일 오토바이 위에서 흘리는 땀과 삼키는 눈물과 쓰디쓴 걱정을 달콤한 시

럽처럼 녹아내리게 하는 사람이라고 말해주었다. 그는 승리나 정복에는 아무 의미가 없다는 것을 알고 있었다. 파랑새에게 무지개 너머로 날아가는 것 자체가 행복이듯, 그의 행복은 꿈을 넘어 사는 것 그 자체였다. 그의 반듯한 등은 그의 삶이 역작이 되어가고 있다고 알려주었다.

이 모든 것은 그가 나에게 노래에 대한 답례로 알려준, 무지개 너머 행복에 이르는 비밀이었다.

나는 안다. 그렇게 그를 만난 것이 처음이자 마지막이라는 것을.

그래도 가슴속에서 한낮의 햇볕과도 같은 빛깔의 별이 반짝일 때마다 함께 별을 보았던 소년이 그립다. 같이 노래를 들었던 오토바이 남자가 보고 싶다.

그 이후 나는 거리의 오토바이들이 모두 그 사람으로 느껴지기 시작했다. 나는 이제 오토바이가 무섭지 않다.

늙은 개와 소년의
이야기

"나는 저 꽃이에요. 저 하늘이에요. 또 저 의자예요.
나는 그 폐허였고 그 바람, 그 열기였어요.
가장한 모습의 나를 알아보지 못하시나요?"
_장 그르니에, 《섬》

소식

며칠 전, 나는 늙은 개 한 마리의 부고를 받았다.

개 이야기만 하는 소년

나는 준호를 독일에서 2000년 추석날 처음 만났다. 그때 나는 이미 삼십 대 아줌마였지만 준호는 십 대의 김나지움(인문계 중고등학교 과정) 학생이었다. 어린 유학생인 준호는 또래의 교포들보다는 나이 많은 유학생인 나와 내 친구들과 한결 잘 통했다. 우리는 어린 나이에 혼자 기숙사 생활을 하는 준호가 안쓰러워 주말 모임에 초대했고, 그는 이모나 삼촌뻘인 우리를 형, 누나 하면서 잘 따랐다.

준호는 만나서 헤어질 때까지 개 이야기를 주로 했다. 자기네 집에서 낳고 기르고 퍼뜨린 개 이야기만 했다. 우리가 애써 화제를 돌려놓아도 금동이가 은동이를 낳고 은동이가 동동이를 낳았다는 종가 3대와 방계에 걸친 온갖 에피소드들이 줄줄이 나왔다.

슬슬 내 친구들은 준호를 버거워하기 시작했다. 하지만 나는 준호가 좋았다. 개건 사물이건 사람이건 간에 무엇인가에 대해 그렇게 많은 이야기를 할 수 있다는 것은 세상에 대한 관찰력이 뛰어나다는 뜻이기 때문이었다. 더구나 준호는 말을 맛깔나게 했기에 그의 개 이야기는 '견공열전' 내지는 '견공삼대'로 엮어내도 손색이 없을 정도였다.

나는 내 집이 저녁 모임의 장소가 되는 날에는 꼭 준호를 먼저 불렀다. 같이 점심도 먹고 장도 보고 하면서 이런 얘기 저런 얘기를 나누었다.

어느 토요일 오후, 나는 준호와 함께 장을 보았다.

"누나, 어제 진짜 누나한테서 전화가 왔는데요, 은동이가 집을 떠나 살림을 차렸대요."

은동이는 일처종사를 했던 제 아버지 금동이와는 정반대로 희대의 바람둥이였다. 토실토실 윤기 흐르는 몸으로 나갔다가 달포쯤 지나 앙상하게 말라붙은 몸에 거칠어진 털을 늘어뜨린 채 돌아오곤 했단다. 그러고는 몸을 회복하기가 무섭게 다시 향락과 방탕의 삶을 즐기러 뛰쳐나간다는 것이었다.

그런 카사노바가 동네의 한 암캐에게 순정을 바쳐 아예 그 집에서 살게 되었다는 이야기였다. 그것도 그 집 아주머니가 준호의 아버지를 찾아와 은동이를 아무리 쫓아내도 다시 오고, 무엇보다도 은동이가 없으면 자기네 개가 식음을 전폐하니 같이 기르게 해달라고 간청을 했단다.

"그런데 준호야, 너는 왜 개 이야기밖에 안 해?"

"그럼 내가 다른 얘기를 해줄까요? 누나, 이렇게 계산대 앞 긴 줄에 서서 기다리고 있을 때마다 난 앞에 있는 사람을 죽이고 싶어요."

"야, 너도 그래? 나는 은행 직원이 매니큐어 칠한 손가락을 독수리 발처럼 펴서 자판을 한 자 한 자 치는 것을 보면 손톱을 펜치로 하나하나 뽑아서 피가 분수처럼 뿜어져 나오게 하고 싶어."

내가 웃자 준호도 따라 웃었다. 나는 그의 블랙유머가 마음에 들었다. 그때, 난 그 아이의 말이 농담이라고 생각했었다.

일 년 후 어느 날, 준호는 긴 줄에 서서 기다리는 것이 자기에게는 참을 수 없는 고통인 것을 깨달았다. 그날 그는 '기다림'이 어떤 육체적인 고통보다도 더 아파서 입 밖으로 절규를 내뱉을 뻔했다. 하지만 자제력이 뛰어난 그는 피가 날 정도로 입술을 꽉 깨물며 고통을 삼켰다.

심리 치료를 받은 지 얼마 안 되었을 때 준호는 이미 알아차렸다. 왜 그에게는 기다림이 고통인지를. 왜 그는 개 이야기밖에 할 수 없는지를.

준호에게는 한동안 어머니가 없었다. 그의 어머니는 남편이 전혀 알 수 없었던 꿈을 찾아 떠난 적이 있었다. 그와 형, 누이는 사랑에게서 버림받았다고 생각하는 아버지에게 맡겨졌다. 준호의 형은 밤늦도록 거리를 헤매다 들어왔다. 그의 누이는 자기 방을 닫아걸고 책만 읽어댔다. 그의 아버지는 매일매일 술을 마시기 위해 열심히 일을 했다.

준호에게 아버지는 세상에서 가장 두려운 사람이었다. 그의 아버지는 언제나 사실만을 말했다. 그는 그것이 진실이라고 믿기 때문이었다. 그는 의도하지는 않았지만 준호에게서 어머니를 향한 사랑을 앗아갔다. 그는 자신도 모르는 사이 준호가 어머니를 그리워하는 것에 대해 죄책감이 들게 했다.

준호에게 어머니는 세상에서 가장 미운 사람이 되었다.

준호는 세상에서 제일 미운 사람을 매일매일 기다렸다. 채워지지 않은 기다림은 그의 가슴속에 검은 구멍을 만들었다. 저녁이 오면 그곳으로 슬픔이 스며들었다. 붉은 저녁노을도 막을 수 없는 슬픔의 강이 작은 가슴속에 흐르기 시작했다.

어느 날 저녁, 대문 밖 계단에 앉아 아무나 기다리고 있을 때 강아지 은동이가 뒤뚱뒤뚱 문지방을 넘어 나왔다. 준호는 은동이를 들어 명치끝에 갖다 대었다. 동그랗고 하얀 강아지가 품 안으로 들어와 검은 구멍을 메워주었다. 슬픔이 사라진 것은 아니었지만 슬픔이 새어 나오지는 않았다.

준호는 은동이에게서 사랑을 찾았다. 준호가 사람들과 나눈 말은 명령과 지시와 순응과 복종 아니면 저항의 말이었다. 시가 사라진 언어는 그대로 폭력이 되었다.

준호는 은동이와 시처럼 이야기했다. 보이지 않는 느낌이 숨어 있는 이야기를 했다. 그러면 은동이는 축축한 혀로 그의 뺨을 핥아주었다. 차마 말할 수 없는 원망은 거친 숨으로 토해냈다. 개는 피하지 않고 앞발을 그의 무릎에 댄 뒤 귀를 쫑긋 세우고 뜨거운 몸을 비벼댔다.

준호는 사랑의 사각지대에서, 우리가 업신여기는 사랑 속에서 소년이 되고 청년이 되어갔던 것이다.

준호는 그해 여름방학, 낯선 삶에서 돌아온 어머니가 가족과 함께 사는 집에 다녀왔다. 돌아오자마자 은동이 이야기부터 했다.

"글쎄, 내가 오는 것을 어떻게 알았는지 그날 저녁 은동이가 왔어요. 그 천하의 바람둥이가 살림을 차린 뒤에는 제 자식 동동이도 보러 오지 않았는데, 저를 보러 왔다고 가족들이 더 난리였어요. 그 자식을 덥석 안아 얼굴을 막 비벼대는데 눈물이 흘렀어요. 은동이가 묻는 건지 내가 대답을 하는 건지 '괜찮아?' '괜찮아' 계속 그 말만 했지요. 그렇게 울고 나니 솔직히 나만 감격했지, 은동이는 우리가 언제 헤어진 적이나 있었냐는 듯 태연했어요.

곰탕 한 사발을 먹고 같이 텔레비전을 보다가, 한 시간이나 지났나, 그 까만 눈동자로 나를 응시하더니 내 손을 한 번 핥아주고 가는 거 있죠. 서울에 있는 내내 그날 한 번 오고는 그게 끝이에요. 왕년의 바람둥이답게 엄청 냉정해요. 난 보고 싶었지만 이미 남의 집 개가 되어서 보러 가기도 좀 그렇더라고요."

이것이 기적이 아니라면

누나에게.
은동이가 오늘 죽었습니다.
일주일 전, 어떻게 앞을 보고 왔을까 싶은 눈먼 개, 무슨 힘으로 걸어왔을까 싶은 늙은 개 은동이가 예전에 우리가 함께 살았던 집으로 돌아왔습니다. 내가 있는 곳에서 삶을 끝내려고 온 것을 알았습니다. 은동이의 마지막을 함께하려고 무진장 애를 썼지만 자기 집에서 혼자 조용히 갔습니다.

마음의 벼랑에서 작은 개 한 마리는 한때 나의 어머니였고, 나의 아버지였고, 나의 형제이자 누이였습니다. 은동이와 저 사이에 사랑 이외에 어떤 말이 필요할까요? 어린 마음의 구멍을 하얀 몸뚱이로 막은 은동이와 스스로 슬픔의 봉인을 뜯어낸 저의 모든 이야기가 기적이 아니라면 무엇이 기적일까요?

'기적이 없는 사랑은 사랑이 아니다.'

은동이는 삶의 마지막 순간까지 어느 누구도 가르쳐주지 않은 삶의 비밀을 알려주었습니다.

내 어머니는
무당이었습니다

"절규에 가까운 비난과 욕설을 퍼붓는 한이 있더라도
마음을 실어보내 그 뜻을 보일 수만 있다면
그보다 행복한 일도 없을 것이다."
_이우근, 《세상의 모든 어머니는 아무도 죽지 않는다》

택시 아저씨의 이야기

"어디 다녀오시는가 봐요?"

"네, 저 위에 있는 절에 다니러 왔지요."

사실 택시 운전사는 우리 모녀가 모텔 골목에서 나오는 것을 보았다. 우리 가족이 다니는 절은 신촌에 있는데, 처음에는 절 입구에 모텔이 하나둘 생기더니 이제는 절 주위 사방팔방이 다 모텔이었다. 큰 행사 때마다 법당 문을 활짝 열고 신도들이 입을 모아 경을 읽노라면 마치 사바세계의 결정판인 모텔을 향해 부처님 말씀을 전하는 듯한 착각이 들곤 했다.

"아, 모텔 골목 위로 절이 있었군요. 몰랐네요. 저는 기독교 신자지요."

나는 속으로 '택시를 잘못 탔구나' 싶었다. 이 기사 양반이 '불신지옥'류의 전도를 할까봐 걱정이 되었다.

고백하자면 택시에 올랐을 때부터 나는 이 택시가 무척 마음에 들었다. 이 세상에서 제일 깨끗한 택시 같았다. 깨끗함에 대해서 강박증이 있는 내 눈에도 놀라울 정도였다. 더 놀라운 것은 택시 안이 청결하면서도 따뜻한 분위기를 가지고 있다는 것이었다. 통상 정결한 것들은 냉정하기 쉽다. 내 집에 온 친구들이 콘도에 온 것 같다고 말하는 것도 그런 이유 때문일 것이다. 내가 '청결'에서 하수라면 운전기사는 고수였다. 그런데 그가 지금 내 첫인상을 깰 것이 틀림없는 선교를 하려고 운을 떼고 있는 것이었다.

"보살님, 제가 어떻게 하나님을 만나게 되었나 말씀드려도 될까요? 선교는 아니고요, 노보살님 인상이 워낙 좋으셔서 그저 제가 살아온 인생 한 자락을 말씀드리고 싶네요."
우리를 보살이라고 부르는 고단수였다.
절대로 길이 막히는 일 따위는 없어야 했다. 내 속도 모르고 어머니는 사탕발림에 넘어가 그가 살아온 인생이 궁금하다고 맞장구를 치셨다.

"제 어머니는 무당이셨지요. 제가 국민학교를 다닐 때쯤 무병을 앓으셨던 것 같아요. 아버지는 저희 어머니에게서 자식을 열 명이나 보았지만, 어머니에게 못된 병을 옮겨줄 정도로 난봉꾼이셨죠. 남편도 없이 어려운 살림에, 줄줄이 딸린 자식을 여자 혼자 어떻게 건사했을까 생각하면 지금도 눈물이 핑 돕니다. 그래서 어머니가 무병을 앓으셨나 싶습니다.

어느 날, 해가 중천에 떴는데도 자고 있는 어머니를 보고 얼마나 놀랐는지……. 처음에 저와 동생들은 어떤 미친 여자가 누워 있는 줄 알았죠. 맨발로 어디를 어떻게 돌아다녔는지 옷은 군데군데 찢기고, 머리는 헝클어지고, 곳곳이 흙투성이고. 동네 사람들이 어머니가 이상하다고 언질을 주었는데 드디어 어머니가 미치는구나 했습니다.

그날 밤 잠자는 척하면서 어머니를 지켰지요. 어머니는 자다가 벌떡 일어나더니 제정신이 아닌 사람처럼 집을 뛰쳐나갔습니다. 재빠르게 일어나 어머니를 쫓아가는데, 어머니가 사람의 걸음걸이라고는 할 수 없는 보폭으로 성큼성큼 가는 것이 마치 축지법이라도 쓰는 것 같았어요. 저 멀리 내달리는 어머니를 보며 엄마 엄마 하고 목이 터지게 불렀지만 어머니는 하얀 점처럼 줄어들더니 사라졌지요. 이런 일이 거의 매일 일어나더니 끝내 어머니는 반년 동안 집을 나가셨어요."

"그럼 반년 후에 무당이 되어 돌아오셨겠네요?"
나도 모르게 이야기에 빨려들어가 맞장구를 치고 말았다.

"돌아오신 어머니는 예전과 다르지 않았어요. 동네 사람들은 어머니가 내림굿을 받았다고 했는데 어머니는 굿을 하지도, 점을 보지도 않았지요.

그런데 말이죠. 한번은 마을에서 어떤 청년이 도둑으로 몰려 경찰서에 붙잡혀 가게 되었는데 어머니가 그들을 막아서면서 '그 청년은 누명을 썼다. 마을 뒷산 몇 번째 소나무 밑을 파보아라. 거기에 없어진 돈 뭉치가 있다'라고 했고, 어머니에 대해 익히 알고 있던 사람들이 혹시나 해서 가보았더니 웬걸, 옷가지로 똘똘 싼 돈이 나온 거지요. 당연히 옷의 주인이 범인이었고요.

그런 일이 있은 후부터 사람들은 어머니를 찾아와 점을 보기 시작했습니다. 어머니가 무당으로 나서자마자 저와 동생들은 저절로 무당의 자식이 되었죠. 어린 마음에도 어찌나 억울하던지 뒷산 소나무에게 화풀이를 많이 했지요."

운전기사가 보여준 그의 오른손에는 단정한 외모와는 전혀 어울리지 않는 울퉁불퉁한 혹들이 달려 있었다.

"무당을 미신으로 취급하고 어머니를 무시하고 싶었지만 그럴 수 없는 일이 일어났답니다. 어머니의 첫 굿판은 어려서 죽은, 제 또래 아이의 씻김굿이었는데 제가 그날 넋대를 잡게 되었지요. 굿판 언저리에서 어머니가 추는 춤을 고즈넉이 바라보고 있었죠. 어머니는 넋대를 잡고 흔들다가 내 앞으로 오더니 넋대를 내 손에 쥐어주는 것이 아니겠어요. 무당이 된 어머니의 눈은 무서울 정도여서 도저히 거부할 수가 없었답니다.

넋대가 제 손에 쥐어지자마자 몸 안으로 뜨거운 기운이 폭포수처럼 흐르더니 넋대가 흔들리고 제 몸도 흔들리고, 저는 저인데도 죽은 아이가 되어 그 아이의 이야기를 전하고 있는 것이 아니겠습니까? 제 마음은 당장이라도 굿판을 엎어버리고 그만두고 싶은데, 제 몸은 굿판 한가운데서 죽은 영혼의 말을 토해내고 있었지요. 굿이 끝나고 저는 뒷산에서 짐승처럼 울었습니다. 어머니를 떠나자. 나와 어머니를 아는 이 사람들을 떠나자. 아무도 없는 곳으로 떠나자. 허공을 향해 외치고 또 외쳤습니다."

우리 모녀는 눈물을 닦고 있었다.

"중학교 때부터 객지로 나왔습니다. 그러고는 스스로 교회에 갔어요. 대학교에 입학해서 서울로 오게 되었고 교회를 다녔지요. 거기서 아내를 만났습니다. 아내는 그 교회 목사님의 딸이었어요."

나도 모르게 탄식이 나왔다.

"이상해, 꼭 그렇게 만나요. 하필이면 교회 목사님의 따님일

게 뭐예요!"

세월이 흘러 이미 그 따님은 기사님의 아내가 되었지만 택시 안의 우리 셋은 그 시절 그 고통 속에 있는 것 같았다.

"그 사람이 교우가 아닌 여자로 느껴지자 내 어머니가 무당인 것을 고백했지요. 헤어지고 만나기를 몇 번 했지만 도저히 헤어질 수가 없었어요. 근 10년을 서로 안타깝게 바라보기만 했죠. 목사님을 설득하는 것보다 어머니를 개종시키는 것이 더 빠를 것 같았습니다.

어머니를 찾아 고향으로 내려가기 전까지 100일 금식기도를 했습니다. 아니 10년을 기도했다고 해도 과언이 아닐 겁니다. 하지만 어머니를 뵙는 순간 아무 말도 못하고 목 놓아 울기만 했습니다. 얼마나 울었을까. 무당의 눈이 아닌 착한 어머니의 눈이 나를 바라보며 말씀하셨죠.

'아드님, 이 어미가 아드님 한을 왜 모르겠소. 내 마음에 한이 뿌리 깊이 박혀 어미를 부박하게 흔들 때, 성주님이 내 몸에 드셔 내 한을 춤으로, 말로, 기도로 풀어주셨소. 어미는 성주님께 대한 보답으로 떠도는 영혼과 사람들의 한을 풀어주었소. 선무당인 어미를 찾아든 그 무엇과 누구에게도 허투루 대한 적이 없소. 아드님, 한을 놓고 가시오.'

그날 어머니는 못난 아들을 위해 성주의 깃발을 내리셨지요. 그리고 몇 년 후 돌아가실 때는 아들이 죽어서 갈 예수님 곁에 먼저 가 계시겠다며 개종을 하셨습니다."

하나의 이야기에 또 하나의 별이 뜨고

우리 모녀는 가방에서 화장지를 꺼내 눈물 콧물을 닦았다. 그 와중에 택시는 이미 아파트 현관 앞에 도착해 있었다. 택시에서 내리면 그와 내가 이제 다시 볼 일 없는 사이가 된다는 것이 아쉬웠다. 아파트 진입로 끝으로 사라지는 택시의 꽁무니를 바라보면서 미처 하지 못한 말을 했다.

"오늘밤 저는 한 시인(신경림, 〈별〉 참조)처럼 말이 별이 되는 꿈을 꿀 거예요. 거짓에도 믿음이 담기게 하는 말이 반짝이는 꿈을요. 헛된 지껄임에도 진실이 담기게 하는 말이 하늘로 올라가는 꿈을요. 병든 외침에도 희망이 담기게 하는 말이 꺼지지 않는 꿈을요. 이런 말이 별이 되지 않는다면, 별에서 들려오는 그 많은 말들은 어디에서 온 걸까요? 고마워요. 오늘밤, 새로운 별이 솟은 이유를 알게 해주셨어요."

오늘밤 저는 한 시인처럼 말이 별이 되는 꿈을 꿀 거예요.

거짓에도 믿음이 담기게 하는 말이 반짝이는 꿈을요.

헛된 지껄임에도 진실이 담기게 하는 말이 하늘로 올라가는 꿈을요.

병든 외침에도 희망이 담기게 하는 말이 꺼지지 않는 꿈을요.

이런 말이 별이 되지 않는다면,

별에서 들려오는 그 많은 말들은 어디에서 온 걸까요?

별은
어둠 속에서 뜬다

"가장 강한 사랑은
약함을 그대로 드러내 보여줄 수 있는 사랑입니다."
_파울로 코엘료, 《11분》

사랑과 맞바꾼 것

"언니, 이제 그만하고 좀 쉬어요."

"아냐!"

그녀는 하루에 한자漢字 다섯 자를 열 번씩 쓴다.

은서는 교통사고로 장애인이 되었다. 그녀는 혼자서는 아무 것도 할 수 없다. 항상 누군가가 먹여주고 입혀주고 닦아주고 일으켜주어야만 한다. 하지만 한자를 쓸 때만은 꼭 혼자 한다.

그녀는 기억을 잘 하지 못한다. 새롭게 기억하는 것은 모두 잊어버린다. 그녀의 머리는 굵은 체와도 같아서 몇 년 동안 쉬운 한자를 매일 쓰지만 거의 다 잊어버리고 만다.

주먹을 쥔 손에다 연필을 꽂아주면 잘 보이지 않는 눈 때문에 얼굴을 종이에 처박은 채 한 획 한 획 그림 그리듯이 한자를 쓴다. 제 마음대로 흔들리는 팔 때문에 있는 힘을 다해 꾹 꾹 눌러서 쓰느라고 그날의 한자를 다 쓴 후에는 지쳐서 한잠을 자야 한다.

은서에게 한자는 특별하다. 그녀에게 한자를 쓴다는 것은 자기가 과거에 무엇이었고 지금 누구인지를 선언하는 일이다.

그녀는 1960년대 말, 간호조무사로 독일에 갔다. 그곳에서 결혼한 후 대학에서 중국어학을 공부했다. 한스를 만날 무렵 그녀는 중국 유학을 준비하던 중이었다. 하지만 한스를 만난 날부터 은서의 모든 계획은 어긋나기 시작했다.

크리스마스 파티에서 은서를 본 한스는 그녀에게 첫눈에 반했다. 그녀의 옆에는 남편이 있었지만 사랑에 빠진 남자에게 그것은 승리를 위해 대결해야 하는 장애에 불과했다. 은서는 '한스'라는 새로운 사랑에 저항했다. 1960년대의 한국적 청춘에게는, 죽을 만큼 사랑해도 그것은 미친 짓이었다. 불륜이었다. 거부할 수 없었던 사랑에 저항하던 청춘, 은서는 차라리 사랑에서 도망치기로 했다. 남편과도 한스와도 떨어져, 사랑이 주는 모든 행복을 포기한 채 살기로 했다.

그때 중국에 갔더라면, 그곳에서 사랑이 사라지고 과거가 사라지고, 그래서 사라진 모든 것들이 괴롭지 않을 때가 왔을 것이다. 그랬다면 그녀는 사랑보다 강한 여자로 살았을 것이다.

사고는 둘의 이별여행에서 일어났다. 둘의 마지막 여행은 지역신문에 날 정도로 끔찍한 교통사고로 끝났다. 조수석에 앉았던 그녀는 대수술을 받았고 약 3개월 동안 의식불명 상태로 누워 있었다. 운전을 했던 한스도 중상을 입었지만 곧 몸을 추스를 수 있었다.

한스는 언제나 은서의 병실에 있었다. 당시 의대생이었던 그는 독일인답게 그녀의 상태를 상세히 기록했다. 의식불명 상태가 길어지자 그는 죄책감을 느끼기 시작했다. 그는 강박적으로 그녀의 모든 것을 기록했다. 은서가 깨어나지 않을 수도 있다는 의심이 들 때마다 한스는 미치도록 괴로웠다. 은서가 예전처럼 살 수 있다는 희망이 사라지자 한스는 기록을 멈추었다.

그는 세상에서 그녀가 사랑했던 것들과 앞으로 그녀가 사랑하게 될 것들을 절대로 잊게 해서는 안 된다고 생각했다. 그는 의식을 잃은 그녀의 매일매일이 똑같으면서도 어떻게 다른지를 적었다. 병원 밖의 친구들에게 어떤 기쁜 일과 슬픈 일이 생겼다 사라졌는지를, 죽음보다 깊은 잠에 빠진 그녀가 그에게 얼마나 많은 말을 해주고 있는지를 적었다.

그는 잠들어 있는 그녀 옆에 있다는 것이 참된 평화일지도 모른다는 생각이 들었다. 괴로움이 점점 줄어들었다. 세상의 행복과 불행이 점점 멀어졌다. 평생을 이렇게 함께할 수 있을 것 같았다. 노트는 점점 늘어났다. 그녀를 향한 열정이 점점 줄어들었다. 진정한 사랑은 열정이 사라진 빈자리에 채워진다는 것을 알았다.

은서 옆에서 한스가 행한 사랑의 고해성사와도 같은 의식은 그를 사랑에 대해 겸손한 사람으로 만들었다. 그것은 그로 하여금 은서의 모든 것을, 주변의 모든 이를 사랑하도록 만들었다. 그는 사랑에 대해, 사랑하는 사람들에 대해 욕심을 낼 수 없게 되었다. 그의 사랑은 열정을 버린 사랑이어야 했다. 그가 사랑을 소유하는 것이 아니라 사랑이 그를 소유하게 해야 했다. 그가 사랑 속에서 자기를 무너뜨리자 기적처럼 은서가 깨어났다.

깨어난 은서 옆에는 한스밖에 없었다. 죽음과도 같은 곳에서 돌아온 그녀는 몸과 마음이 무너져 있었다. 돌아온 그녀는 사랑에 저항하지 않았다. 한스의 젖먹이 딸이 된 것처럼 그가 주는 모든 것을 무조건적으로 받아들였다. 그리고 그의 보살핌을 받을 때마다 얼굴을 찡그렸다. 웃음이었다.

몇 년 후, 둘은 결혼을 했다. 무슨 일이 있어도 헤어지지 말자는 약속은 그렇게 지켜졌다.

밤하늘의 별을 보기 위해 어둠을 먼저 보아야 하듯이,

행복을 보려면 사랑의 어둠을 먼저 지나야 한다.

사랑은 행복을 비추는 어둠이다.

빛은 어둠 없이는 있을 수 없지만 어둠은 빛 없이도 있을 수 있다.

둘은 행복이 사라진 곳에서도

어둠과 같은 근원적인 사랑이 있다는 것을 알려주듯 떨어지는 별들이다.

폭발하는 별빛처럼

인생이 동화 같다면 은서와 한스의 사랑 이야기는 "둘은 결혼해서 행복하게 잘 살았습니다"로 끝맺어야 할 것이다. 분명 젊은 날의 둘은 사랑해서 행복하기를 원했다. 반짝반짝 빛나는 사랑을 꿈꿨다. 간절한 청춘의 날, 둘은 불륜이나 스캔들이라는 굴레를 다 깨뜨릴 사랑을 꿈꿨다.

지금의 둘은 어쩌면 그 옛날의 소원을 이룬 것인지도 모르겠다. 하지만 소원은 그들이 원했던 방식과는 다르게 이루어졌다. 둘의 사랑을 보면, 어쩌면 사랑은 행복과는 관계가 없는 것 같다는 생각마저 들곤 한다.

차라리 사랑은 소멸과 이어져 있는지도 모른다. 소멸을 깨닫는 것이 숭고한 사랑을 경험하는 방식은 아닐까.

은서와 한스는 서로에게 미로였다. 둘은 서로의 가슴 안에서 길을 잃었다. 이들 앞에 놓인 탈출의 길은 높이 날아 벗어나는 것이 아니라 각자의 운명 저 밑으로 추락하는 것이었다. 끝도 알 수 없는 심연에 자신을 떨어뜨리고 상실과 고통을 껴안아야 했다. 자신을 무너뜨리는 소멸이었다.

은서와 한스의 사랑은 광활한 어둠 속에서 폭발하는 별빛처

럼 아름답고도 슬픈 것이었다. 소멸해야만 마침내 찾아드는 빛
처럼.

별은 어둠 속에서 뜬다

은서와 한스는 어둠 속의 작은 별들이다. 우주의 검은 땅, 별
빛이 떨어진 곳에서 사랑이 일어날 수 있다고 알려주는 어두
운 별들이다.

밤하늘의 별을 보기 위해 어둠을 먼저 보아야 하듯이, 행복
을 보려면 사랑의 어둠을 먼저 지나야 한다. 사랑은 행복을 비
추는 어둠이다. 빛은 어둠 없이는 있을 수 없지만 어둠은 빛 없
이도 있을 수 있다. 둘은 행복이 사라진 곳에서도 어둠과 같은
근원적인 사랑이 있다는 것을 알려주듯 떨어지는 별들이다.

먼 하늘, 섬광처럼 떨어지는 별빛은 자기를 무너뜨린 어둠
을 사랑으로 채운다.

비밀을 지켜주는
어른 친구

"사막이 아름다운 것은
그곳 어딘가에 우물을 감추고 있기 때문이야."
_ 생텍쥐페리, 《어린왕자》

안녕, 성주야

아주 오랜만에 어머니 집에 갔더니 어머니는 성주네가 인천으로 이사를 갔다고 전해주신다. 성주와 작별 인사도 못하고 헤어지니 속이 상했다. 인천에는 숲이 없을 텐데, 하는 걱정도 들었다.

성주는 마음이 아픈 아이였다. 독일에서 돌아와 어머니 집에서 5년을 사는 동안에도 성주는 내가 자기네 옆집에 살았다는 것을 끝까지 모른 채 이사를 갔다.

성주와 단둘이 처음 만난 곳은 엘리베이터 안이었다. 어머니 집에서 지내기 시작한 지 두 달 남짓 된 때였으니 오며가며 성주네와 인사를 나눈 터였지만, 그 아이와 실질적으로 대면한 것은 그 엘리베이터 안이 처음이었다.

함께 엘리베이터에 올라 내가 6층을 누르자 성주는 의아한 눈빛으로 나를 쳐다보았다.

"안녕, 나 옆집에 살잖아."

눈빛이 한결 누그러진 성주는 "4층은 없어!"라는 말만 반복했다. 4층을 'F'로 표시해놓은 것이 매우 신비한 일이라도 되는 것처럼 아이는 내 동의를 얻으려는 듯 계속 그 말을 했다.

마침내 땅 소리와 더불어 문이 열리고 자기와 내가 같은 층에서 내리자 아이는 극도로 불안해져서는 내 뒤에 바짝 붙어 걸으면서 "누구야?" 하고 공격적으로 물었다.

"성주야, 옆집에 살잖아" 하고 내가 낼 수 있는 가장 부드러운 목소리로 답해주었다. 내 딴에는 '너랑 나랑은 처음 본 것이 아니다', '나는 네 이름까지 알 정도의 친분이 있는 사람이다'라는 생각에서 아이의 이름을 불러주었는데 그것이 화근이었다. 모르는 아줌마가 자기 이름을 부르니 성주는 혼란의 한가운데서 아무런 반응도 못하고 넋이 빠진 것처럼 서 있었다.

미안했다. 쑤셔놓은 벌집처럼 어수선할 아이의 마음을 달래주고 싶었다. 집 문고리에 매달려 있는 요구르트 배달 주머니를 열어, 어머니가 또 깜빡 잊고 들여놓지 않은 요구르트를 꺼내 아이에게 주면서 "나, 607호 할머니네 살아. 607호 할머니 딸이야"라고 말했다. 나는 그 아이가 우리 집 식구 중 유일하게 알아보는 사람이 어머니이고, 마주치면 "607호 할머니!"라고 헤어질 때까지 부른다는 걸 알고 있었다. 성주는 내가 현관문을 닫을 때까지 그 자리에서 나를 계속 보고만 있었다. 안쓰러웠다.

숲의 아이

　내가 성주를 도시에서만, 시멘트 숲에서만 만났다면 그 아이의 비밀을 몰랐을 것이다. 성주와 내가 살던 아파트 뒤로는 제법 야트막한 산이 있었고 숲 속 산책로가 길게 뻗어 있었다. 나는 사람들이 드문 시간을 골라 느릿느릿 산길을 걸었다. 그러던 어느 날 진짜 성주를 만났다.

　성주는 산책로에서 한참 벗어나 비탈진 곳에서 머리를 숙인 채 분주히 움직이고 있었다. 반가운 마음에 "성주야!" 하고 이름을 부르려다 멈췄다. 사람마다 사랑을 불러일으키는 특별한 순간이 있는데, 그때 그 순간이 그랬다. 내가 까마득하게 잊고 있었던, 하지만 결코 잊어서는 안 되었던 무언가가 드러나는 순간이기도 했다.
　성주는 어린 싹들이 빛과 함께 부풀어 올라 윤기를 발하는 곳에서 하얀 새처럼 노래를 부르고 있었다. 하늘의 노란 별들이 내려앉은 듯한 꽃밭에서 아이의 팔은 노란 나비처럼 너울거렸다. 아이에게서 무언가 다른 것이 느껴졌다. 평상시 성주의 눈은 몽롱하게 초점을 잃고는 했는데, 춤을 추는 아이의 눈은 구름을 벗어난 달처럼 영롱했다.

이 세상에 저렇게 예쁜 아이가 있을까 싶었다. 아이는 내가 속한 곳의 아이 같지 않았다. 그 순간 내가 본 아이는 숲 속에서 빛나는 요정이었다.

나는 숲 속의 그 아이를 새롭게, 흥겹게, 전에는 한 번도 본 적이 없는 것을 보듯이 지켜보았다. 그런데 아이의 손이 푸른 잎사귀 사이를 분주히 움직이더니 입가로 가는 것이었다. 자세히 보니 아이의 입 주위는 벌써 파랗다 못해 까맸다.

"성주야!"

아이는 자기를 부르는 소리를 듣자 시선 둘 곳을 몰라 헤매더니 이내 몽롱한 눈으로 돌아와 나를 쳐다보았다. 나는 성주에게 다가갔다. 이 아이에게는 무언가를 논리적으로 설명할 수 없기에 겁을 주었다.

"너, 이런 거 먹으면 죽어!"

"아냐!"

성주는 단호했다. 나에게도 먹으라며 흙투성이 손으로 초록 이파리를 받쳐 들고 내밀었다. 나를 보기만 하면 내빼던 아이가 비로소 나를 바라보고 있었다. 순진한 눈망울로, 그윽하게. 아이에게는 선의善意만 있는 것 같았다. '소리굽쇠를 울리면 진동이 사라질 때까지 소리를 들어야 하듯이' 아이의 영혼이 울린 이 순간에는 그 울림에 몸을 맡겨야 했다. 나는 초록 이파

리를 받아 입에 넣고 씹었다. '성주는 혀의 감각도 둔하구나'
라는 생각이 들 만큼 썼다. 하지만 자신의 세상에서 건진 먹을
거리를 준 아이를 실망시키고 싶지 않았다.

"야, 맛있다!"

아이는 내 말에 호응이라도 하듯이 손에 쥔 푸른 이파리들
을 마저 입안에 넣고 우물거렸다. 먹는 품이 하루 이틀 된 것
이 아니었다. '이 아이를 어떻게 해야 하나' 걱정이 들었다. 아
이의 부모에게 말해주어야 하나 말아야 하나 고민이 되었다.
어쩌면 성주의 부모는 이미 알고 있을지도 몰랐다. 시꺼먼 성
주의 입가를 보고도 모를 수는 없을 테니까.

나는 내 어린 시절 뒷집에 살던 '옥자 언니'처럼 어린 친구
의 비밀을 지켜주는 어른 친구가 되기로 했다. 어린아이도 부
모가 모르는 장소와 시간이 필요한 법이었다. 그리고 아이가
부모에게 돌아간 뒤에도 아이를 대신해 그곳과 그때를 지켜줄
누군가가 필요하기 때문이었다. 함께 지켜야 할 비밀로 성주
와 나는 결속되었다.

그날 이후로 산책을 갈 때마다 성주를 찾았다. 못 만날 때가
더 많았다. 성주를 보게 되면 언제나 내가 먼저 "성주야!" 하고

반갑게 불렀고 아이는 숲에서만큼은 나를 모른 체하지 않았다. 내게 와서 그날 딴 이파리며 꽃들을 "먹어!" 하면서 나누어 주었다. 나는 그때마다 어린 친구의 호의를 깨지 않는 수준에서 그것들을 씹어 삼켰다. 아이는 갖가지 잎과 꽃이 제맛을 내고 있는지 검사하듯이 아주 조금씩 먹었다.

이 세상에 꽃을 눈으로 보고 감탄하는 사람이 있듯이, 꽃을 향기로 맡아 황홀해하는 사람이 있듯이, 꽃을 입으로 먹어 꽃의 맛을 즐기는 사람이 있어야 했다. 아이는 중요한 임무라도 되는 것처럼 신중히 자신의 일을 하며 세상과 만나고 있었다.

봄이 깊어져 여름이 될수록 성주는 숲 속으로 더 깊이 들어갔다. 아이는 흙과 뿌리와 돌멩이 사이를 한 마리 벌레처럼 더듬어 다니면서 숲의 어린 생명을 맞이하는 것처럼 보였다. 성주보다 그 숲을 사랑하는 사람이 있을까 싶었다. 그래서 성주는 숲 속에서 요정처럼 빛났다.

잃어버린 비밀

성주와 함께 비밀을 간직하면서 나는 내가 잃어버린 것이 무엇인지를 깨달았다. 어렸을 때 옥자 언니에게 맡겼던 많은 소망 중에 하나가 떠올랐다.

"언니는 요정이 있다고 생각해? 아니면 없다고 생각해?"

서른을 바라보던 옥자 언니는 일곱 살 꼬마 여자아이에게 대답해주었다.

"요정은 아무나 알아볼 수 없어. 요정을 알아볼 수 있는 눈을 가진 사람만이 볼 수 있어."

"그럼, 요정이 있다는 거네. 나도 요정이 있다고 믿어. 난 요정을 알아볼 거야."

어느 날 나를 보고 달려온 성주를 보았을 때 이렇게 말해주었다.

"성주야, 넌 한 조각의 구름이 물고기처럼 흐르고 초록빛 달이 무지개 끝에 걸려 있는 마을의 꼬마 요정이었을 것 같아."

꼬마 요정 성주는 듣는 둥 마는 둥 이상한 열매 두 알을 "먹어!" 하며 내밀었다.

옥자 언니가 지키고 있었던 내 어린 날의 소원들 중 하나가 그렇게 이루어졌다.

나를 보기만 하면 내빼던 아이가 비로소 나를 바라보고 있었다.

순진한 눈망울로, 그윽하게.

아이에게는 선의만 있는 것 같았다.

소리굽쇠를 울리면 진동이 사라질 때까지 소리를 들어야 하듯이

아이의 영혼이 울린 이 순간에는 그 울림에 몸을 맡겨야 했다.

삶을
여행하는 사람

"시험을 통과하는 유일한 길은 그 시험에 도전하는 일이다.
다른 길은 있을 수 없다(~당당한 검은 백조)."
_말로 모건, 《무탄트 메시지》

여행을 떠나고 싶다

　비오는 월요일 아침인데도 고속도로에는 관광버스가 줄지어 달리고 있다. 여행을 떠나는 사람들이 부럽다. 회색 겨울이 오기 전 찬란한 빛과 황홀한 색이 펼쳐진 계절에도 일터로 향하는 내가 안쓰러웠다. '그래, 나도 떠나야지. 아주 멀리 오랫동안 떠나야지' 하고 다짐하지만 이번 가을에도, 어쩌면 내년 가을에도 힘들 것이다.

　여행이란 무엇일까? 왜 사람들은 떠나고 싶어 하고, 그래서 떠났다가, 결국은 다시 돌아오고야 마는 것일까? 어디엔들 이곳과 그리 다른 삶이 있을까 싶다가도 이곳의 삶이 범접하지 못하는 장소와 시간이 어딘가에는 있기 마련이라는 것을 알기 때문은 아닐까. 그곳에 가면 '산다는 것이 얼마나 위험한 일인가'를, '지난한 삶을 살아내는 것이 얼마나 아름다운 일인가'를 깨달을 수 있으니 말이다.

　나도 한 번은 그런 시간과 장소에 있었다.

쾰른 대성당은 나의 첫 번째 외국 여행에서 마주친 첫 볼거리였다. 쾰른 대성당을 마주했을 때, 건물이 아니라 검은 산 앞에 서 있는 것 같았다. 천년의 종소리를 머금은 건축물은 '자연 그대로의 계시'와도 같았다. 인간인 우리가 그것을 지은 것이 아니라 그것이 우리를 움직여 그 자신을 존재케 한 것처럼 느껴졌다. 성당 앞에서 한참을 나무처럼 서 있었다. 그 순간만큼은 욕망의 잔가지들도 잠잠해졌다.

"바닥에 누워서 볼까?"

옆에 서 있던 친구가 말했다. 성당을 한눈에 보려면 그렇게 하라고 여행 가이드북에 써 있다고 했다. 나는 이미 평소의 내가 아니었다. 창피하다는 것도, 사람들에게 폐를 끼칠지 모른다는 생각도, 바닥이 더럽다는 것도 나를 막지 못했다. 시장보다 더 붐비는 광장 한복판에 벌러덩 누웠다. 아무도 뭐라고 하지 않았다. 심지어 몇몇 여행자들은 우리 옆에 같이 누워 감탄사를 연발했다.

친구가 내 손을 잡은 것처럼 나는 내 옆에 누운 여행자의 손을 잡았다. 그의 손이 상처 입은 새처럼 움찔했다. 성당 끝 장

엄한 하늘을 보던 눈을 돌려 그를 쳐다보았다. 그의 손이 이내 부드럽게 변해 내 손을 살포시 쥐어주었다. 그도 옆 사람의 손을 따뜻하게 잡아주었을 것이다. 넓고 크고 깊은 광장에서 우리는 작은 새들처럼 순진한 가슴을 열었다. 그 사이로 삶에 대한 사랑이 들어왔다.

내 마음속에 사랑이 들어오자 새로운 인생을 향해 나아갈 힘이 솟아났다. 그리고 나에게 증명하고 싶었다. 사실 고소공포증을 가진 나를 배려해 친구는 쾰른 성당 꼭대기에 올라가는 대신 제일 낮은 데서 몸을 최대한으로 낮추어주었던 것이다.

나는 조금이라도 아래가 보이는 높은 곳에서는 딱딱하게 굳어버리곤 했다. 손발은 마비된 듯이 움직여지지 않는데 심장은 미친 듯이 뛰었다. 어지럽고 식은땀이 나고 딱 죽을 것 같은 느낌이었다. 초등학교 때 단체 기합으로 책상 위에 올라가서 있어야 하는 벌을 받을 때에도 책상 위에 올라가지 못하고 우는 바람에 혼자 바닥에 무릎을 꿇고 앉아 있을 정도였다. 하지만 일상생활에서 그리 문제될 것은 없었다. 학교는 5층 이하였고 우리 집도 2층이었다. 밑이 보이는 높은 곳에만 올라가지 않으면 되었다. 창가 근처에는 가지 못했지만 건물이나 비행기에서도 안쪽에 앉아 안정된 느낌을 가지면 괜찮았다.

나에게 높은 곳은 꿈의 장소였다. 높은 곳에 오르면 하늘은 얼마만큼 가까울까? 높은 곳에서 바람은 어떻게 흩어질까? 높은 곳에 있으면 푸른빛 달은 얼마나 낮게 뜰까? 이 모든 것을 전혀 알 수 없었고 그저 꿈만 꾸게 되어버린 것이 묘한 상실감과 더불어 깊은 동경이 되었다.

그런데 어쩐 일인지 내 눈 앞에 서 있는 저 높은 성당에 올라가야 할 것 같았다. 땅 위에서 행복하기를 기도하려면 저 위에 한 번은 다녀와야 할 것 같은 이상한 기분에 휩싸였다. 동경은 내 마음 깊숙한 곳에서 촛불과도 같은 용기를 갖게 했다. 이 불을 일으키느냐, 사그라지게 하느냐는 전적으로 내 의지에 달려 있었다.

한참 동안 성당 입구에서 망설였다. 도대체 왜 성당 끝까지 오르려 하는지를 내게 물었다. 이유는 없었다. 그냥 그래야만 할 것 같았다.

드디어 안으로 들어섰을 때, 오래된 건물 특유의 바다 냄새 같은 비린내가 났다. 나는 삶을 걸고 한 계단 한 계단 하늘을 향해 오르기 시작했다. 하지만 한 걸음 한 걸음 죽음이라는 심연을 향해 떨어지고 있는 것 같았다.

반쯤 올랐을 때 친구의 손을 놓았다. 나를 위해 더러운 바닥에 함께 누웠던 그 손을 놓았다. 갓난아이가 계단을 오를 때처럼 한 발 한 발 순서대로 천천히 올려놓았다. 모든 감각과 정념을 발바닥에 집중해서 몸을 성당에 밀착시켜야 했다.

막바지에 이르자 더 큰 장애물이 나타났다. 보수 공사를 하느라 임시로 만든 나무 계단이 내 앞에 펼쳐져 있었다. 그렇다 보니 계단과 계단 사이를 막아놓지 않아서 아래가 훤히 보였다. 아찔했다. 나를 걱정한 친구는 위에 가봤자 볼 것 없다면서 같이 내려가자고 했지만 나는 끝까지 올라가기 전에는 내려갈 수 없었다. 그때 나는 실제 내 인생보다 더 큰 인생을 걸고 싶었던 것 같다.

그래서인지 나는 아무것도 두렵지 않았다. 얼굴을 벽 쪽으로 돌리고 양손으로 벽을 짚어가면서 나무 계단을 올랐다. 이미 겉옷까지 식은땀에 젖은 상태였다. 무릎이 풀려서 다리가 후들거렸다. 나는 여태껏 나를 이 지경까지 몰아세워본 적은 없었다. 하지만 두려움보다는 성당의 끝에 가고 싶다는 열망이 더 강했다. 높은 곳에 대한 두려움이 꿈의 장소에 가고 싶은 열정을 다 잡아먹을 수는 없었다.

한 가닥 남은 열정은 나에게 두 손과 두 발로 기게 했다. 그래도 창피하지 않았다. 내 친구가 앞에서 길을 열어주었다. 누군가가 옆에서 내 기는 속도에 맞추어 걸어주었다. 무서워 벌

벌 떨면서 외로운 짐승처럼 올라가고 있었지만, 내 뒤에서 나를 격려해주는 사람들을 느낄 수 있었다. 나는 기고, 기고 또 기었다.

눈에 빛이 들어오자 친구가 나를 안아 세워주었다. 성당의 제일 높은 곳까지 올라온 것이었다. 친구의 어깨에 기대어 나는 그때까지 살면서 한 번도 흘려본 적 없는 맑고 투명한 눈물을 조용히 떨구었다. 나를 격려해주며 올라온 처음 본 사람들도 나를 안아주었다. 이제 나는 더 이상 높은 곳을 두려워하지 않을 것이었다.

우리를 우주에서 보았다면 바다 한가운데에서 하늘을 향해서 있는 한 그루의 나무들이었을 것이다. 의심이 믿음으로 변하는 그 시간과 장소에서 우리는 각자의 삶을 껴안아주고 있었다.

여행자는 삶의 순례자이다

진정한 여행자는 삶의 순례자여야 한다. 여행지는 안락과

쾌락을 주는 곳이 아니다. 즐거움과 편안함은 지금 우리가 머무는 곳에서도 넘치는 것들이다.

나는 내 의지가 닿은 그 시간과 장소에서 삶의 근원적인 물음을 듣기를 원했고, 그래서 여행을 떠났다. 마치 성지를 향해 떠난 순례자가 신의 소리를 듣고 싶어 하듯이.

순례자는 성지에서 삶으로 다시 돌아와 신의 소리를 현실의 것으로 만들어야 한다. 풀지 못한 문제에 대한 해답은 삶 안에 파묻혀 있는 것이어서 떠난 자는 다시 돌아와야만 하는 것이다.

나는 여행을 통해 삶 안으로 들어갈 수 있는 자유를 얻는다. 그리고 여행에서 얻은 물음을 실제의 것으로 만드는 방법을 찾기를 원한다. 나는 삶의 근원적인 물음에 대한 답을 찾는 진정한 여행자이고 싶다. 삶의 순례자이고 싶다.

II

우리는 어쩌다 만나

… 우리는 각자의 등에 각자의 이야기를 짊어지고 있었다. 그래서 우리가 이 삶을 살아가는 동안 우리를 기다려준 두 눈동자 앞에서, 우리를 불러준 두 손 앞에서, 우리 마음속에 심어진 이야기가 수줍게 빛을 내며 풀려날 것을 알고 있었다. 우리는 그렇게 잊을 수도 없고 잃을 수도 없는 생의 씨앗을 서로에게 심어주었다.

못난이 돌의
노래

"그것은 아주 부드러운 음악이었습니다.
마치 지평선 저 멀리에서 바람과 새들이 함께 오는 것처럼,
세월의 저 멀리에서 오는 오래된 전설과도 같은 이야기를
해주고 있는 것 같았습니다."
_베르나르 클라벨, 《노래하는 나무》

뽕짝을 트는 남자

"저 또라이, 또 음악 튼다."
"우리가 저 음악을 왜 들어야 하는 거야?"

여기는 양평 전원주택이다. 아는 선배의 집인 이곳에 나는 가끔 들르곤 하는데, 이번에는 재희 언니와 언니의 딸과 함께 찾아온 터였다. 소란스러운 도시에서 벗어나 초록을 음미하고 마음에 담아 가기에 좋은 동네였다. 그런데 그 아까운 순간에 낯설고 시끄럽기조차 한 음악이 끼어들어 훼방을 놓는 것이었다.

음악을 트는 사람은 앞집 남자였다. 그는 음악다방의 DJ라도 된 양, 그러나 아무도 신청하지 않은 음악을 틀었다. 우리는 J 주류 회사에 다닌다는 그를 이름 대신 회사명으로 불렀다. 촌스러운 상호가 그와 딱 맞아떨어졌다.

음악이 끝나자 정원에 있던 재희 언니의 딸이 들어왔다.

"저 아저씨가 트는 노래 진짜 좋지? 선곡이 죽여주지 않아?"

세련된 도시 아이가 이런 촌스러운 상황과 거기서 흘러나오는 노래가 좋다니 우리는 좀 의아했다.

"소음이 싫어서, 자연의 소리를 듣고 싶어서 이런 곳에 오는 건데. 또 왜 동의도 없이 저렇게 큰 소리로 마을 전체를 향해 음악을 트니?"

"그런가? 나는 좋은데."

자칭 정의의 사도인 나는 언젠가 저 몰상식한 이웃을 따끔하게 손봐줄 날이 오기를 바랐다.

그해 겨울, 재희 언니와 나는 은사 선생님을 모시고 다시 양평 전원주택을 찾았다. 우리를 제일 먼저 맞아준 것은 역시나 J가 틀어놓은 음악이었다. 나는 얼른 선생님을 우리 편으로 포섭하기 시작했다.

"예전에 고속도로 휴게소에서 테이프 팔던 사람들이 뽕짝 틀던 거랑 비슷하죠? 소음 공해를 넘어 폭력이에요."

선생님은 클래식을 즐겨 듣고 모차르트를 좋아하는 분이었다. 나는 내심 선생님이 내 편을 들어주기를 바라고 있었다.

"그러게요."

선생님은 빙긋 웃으시며 한마디 거들어주셨다. 나는 싸움에서 이기기라도 한 듯 의기양양해진 기분이었다.

그 순간 갑자기 배가 아파왔다. 오래 차를 탔기 때문인지 배는 점점 더 아려왔고 내 마음도 덩달아 급해졌다. 누가 쫓아올세라 집 안으로 들어선 나는 곧장 화장실로 갔다. 급했던 만큼 그 끝은 시원했다.

헌데 이를 어쩌나.

'어떡해! 변기에서 물이 안 나온다.'

정결함에 대한 강박관념이 있는 내가 남의 집에서, 친구끼리도 아니고 선생님을 모시고 와놓고 물을 못 내리다니. 사람마다 죽고 싶은 이유도 가지가지겠지만 그 순간 난 정말 죽고 싶었다. 대학교에 다니던 시절에는 어려워서 말 한마디를 못했던 선생님인데.

은밀하고 신속하게 처리해야 했다. 선생님 몰래 재희 언니에게 큰 대야를 주면서 집에 있는 것이 분명한 앞집 J에게 가서 물을 얻어 오라고 채근했다.

야속하게도 재희 언니는 혼자 오지 않았다. J와 함께였다. J는 생각했던 것과는 달리 멀쩡해 보이는 사람이었다. 심지어 잘생긴 구석도 있었다.

인사를 건넨 J는 뒷마당으로 갔다. 지하수를 끌어올리는 발전기를 살피기 위해서였다.

"추위에 얼었네요. 열풍기로 녹여야 합니다."

"저희에게는 열풍기 같은 것은 없는데, 어떡하죠?"

"제가 빌려다 녹여드릴게요."

"정말요? 고맙습니다."

그러면서 그는 추위에 발전기와 수도관이 얼지 않게 하려면 어떻게 해야 하는지를 성심껏 설명했다. 지금까지 그를 촌스러운 이름으로 얕잡아 부른 것이 미안했다.

"추운데 들어가 계세요. 전 열풍기 빌리러 다녀올게요."

고맙고 미안해서 금방 집 안으로 못 들어가고 마당에서 미적거리는데, 그는 벌써 차에 시동을 걸고 있었다.

'맙소사! 열풍기를 빌리려면 차를 타고 가야 하나보다.'

그는 창문을 내리고 들어가라고 손짓을 하고는 차를 돌려 나갔다.

모든 것이 잘 되었다. 화장실의 폭탄은 물 한 바가지로 제거되었고 얼어붙었던 수도는 곧 앞집 J가 해결해줄 것이었다. 선생님과 우리 둘은 햇볕이 가득 찬 거실에서 차를 마시며 재미있게 이야기를 나누고 흥에 겨워 웃으며, 행복한 한때였다고 기억될 만한 기쁨을 나누고 있었다.

"우리 이렇게 즐거워해도 되나? 한 사람은 영하 20도 날씨에 열풍기 구하러 갔는데."

내가 말했다.

"그럼, 나가서 기다려."

언니가 받았다.

"자, 이제부터 언니나 나나 J가 틀어주는 노래를 감사하는 마음으로 들어야 해!"

우리는 까르르 웃었다.

그런데 이제는 정말 그가 틀어놓은 노래가 소음이 아니라 음악으로 들려왔다.

그는 돌탑을 쌓았다

그 이후로 J와 친구가 되었다. 그가 변한 것은 아니었다. 내 마음의 얇은 선입견이 벗겨진 곳에 한 사람에 대한 호기심이 생겨났다. 나는 처음으로 그가 왜 마을 주민들을 향해서 음악을 트는지 궁금해졌다. 하지만 그에게 직접 물을 필요는 없었다. 그의 음악이 음악으로 들리면서 그 이유도 자연스럽게 알게 되었다.

그를 미워했을 때 나는 그가 하루 종일 음악을 튼다고 생각했다. 하지만 그는 시간을 정해놓고 딱 한 시간만 틀었다. 그가 조야하고 난폭한 음악을 튼다고 생각했지만 그는 마을 사람들의 꿈과 추억이 녹아 있을 법한 음악을 고르고 있었다.

그러자 그때까지 전혀 눈에 띄지 않았던 그의 집 마당에 쌓인 돌무더기들이 보이기 시작했다. 자그마한 돌들이 마치 탑처럼 여기저기 쌓여 있었다.

짱돌 세 개만 덜렁 쌓아놓은 것도 있었고 제일 큰 돌무더기도 간신히 1미터 높이가 될까 말까 했다. 하지만 마당의 돌탑들은 그 모습 그 자체로 J가 음악을 트는 이유를 충분히 설명해주었다.

그가 세운 돌탑은 분명 초라했다. 하늘을 향해 솟아오르는 돌탑을 세우기로 했다면 아마도 그는 곧추선 돌탑을 마을 한가운데에 세웠을 것이다. 하지만 그가 원한 것은 하늘을 향한 돌탑이 아니라 땅 가까이에 있는 돌탑이었다.

흙도 돌무더기를 감싸주려 하지 않는 것 같았다. 작고 낮은 돌탑은 그저 흙에서 삐죽 나와 있는 듯 보이기도 했다. 작고 못생긴 돌들은 서로를 괴어주었고 그래서 아무리 보잘것없는 돌무더기도 하늘 아래 탑이 되었다. 못난이 돌들은 서로의 틈을 보듬으며 껴안고 있었고 그래서 바람도 무너뜨릴 수 없는 탑이 되었다. 틈새로 눈을 가져다 대면 바람이 닿은 자그마한 하늘이 보였다. 서로를 불쌍히 여기며 의지하는 곳에서만 볼 수 있는 작디작은 하늘이 열려 있었다.

그는 그렇게 작은 돌무더기를 쌓고 그 작은 돌무더기 같은 사람들의 노래를 울리고 있었다.

그에 대한 두터운 이해심이 생기기 시작하자 그가 누구인지 비로소 알 것 같았다. 그는 돌탑 위에서 노래하는 별이었다. 그가 야트막한 산 밑 작은 마을에서 반짝일 때마다 사람과 사람 사이로 별의 노래가 울렸다.

작고 못생긴 돌들은 서로를 괴어주었고
그래서 아무리 보잘것없는 돌무더기도 하늘 아래 탑이 되었다.
못난이 돌들은 서로의 틈을 보듬으며 껴안고 있었고
그래서 바람도 무너뜨릴 수 없는 탑이 되었다.
틈새로 눈을 가져다 대면 바람이 닿은 자그마한 하늘이 보였다.
서로를 불쌍히 여기며 의지하는 곳에서만 볼 수 있는
작디작은 하늘이 열려 있었다.

꽃이 피는 이유를
알 수 없듯이

"구한 것 하나도 주시지 않았지만
내 소원 모두 들어주셨다."
_미국 뉴욕대 부속병원 재활센터 벽에 걸려 있는 글

꽃은 스스로 알고 홀로 피었다

입전수수入廛垂手.

그는 지팡이를 짚고 큰 포대를 메고 사람들이 많은 곳으로 들어갔다. 사람들은 그가 누구인지 몰랐다. 평범하다 못해 조금은 우둔해 보이는 그를 스쳐 지나갔다. 사람들은 빠른 흐름을 방해하는 그를 툭 치고 갈 뿐이었다. 하지만 그가 지나가는 길 옆 꽃대는 사람들이 이름도 모르는 꽃을 피웠다.

"나무야, 나에게 하느님의 나라를 보여주렴……."
프란체스코의 바람을 들은 버찌나무는 봄날의 구름과도 같은 꽃을 피워냈다.

그해 봄, 라일락이 오래 피어 있었다

동네 사람들은 우리 집을 꽃집이라고 불렀다. 우리 집 마당에 서 있는, 돌아가신 할아버지가 심으신 라일락 나무 때문이었다.
나는 라일락 나무를 무척 좋아했다. 내 발이 바닥에 닿을 틈도 없이 나를 안아주셨다는 할아버지의 사랑은 기억할 수 없어도 할아버지의 나무는 내가 안을 수 있었다. 나무 밑동의 벌어진 틈에 내 몸을 넣으면 딱 맞았다. 머리를 뒤로 젖히면 닿는 곳에 나뭇가지가 알맞게 받치고 있어서 눈을 뜨고 하늘을 바라보기도, 눈을 감고 오렌지빛 노을을 맞이하기도 좋았다.

엄마가 눈에 좋다고 준 간유구도 몰래 나무에게 줄 정도였다. 라일락 나무는 봄의 절정에서 이웃들에게도 즐거움을 주었다. 내 어린 시절 라일락꽃의 향기는 요사이의 것과는 달리 아찔하다 못해 독할 정도였다. 꽃이 만개해서 마당 전체가 꽃그늘로 덮이면 동네 할머니들과 아주머니들이 "꽃향기가 좋구나" 하면서 찾아와 꽃의 향연을 즐기곤 했다.

라일락 나무에 새순이 벌어지는 초봄 무렵이었다.

"어머나! 남의 집에서 뭐 하는 거예요! 나가요!"

엄마의 날카로운 목소리에 놀라 방문을 열어젖혔다.

연둣빛 새순이 돋아난 나무 아래에 모르는 여자가 앉아 있었다. 더구나 우리 집 복실이를 품에 안고 천연덕스럽게 엄마를 올려다보고 있었다. 큰일 났다 싶었다. 너무 급한 마음에 마당으로 내려가지도 못하고 툇마루를 넘어서 맨발로 엄마 옆에 섰다.

사실 나는 여자 때문에 놀란 것이 아니었다. 복실이는 사납고 안하무인이어서 어린 우리를 주인 취급도 하지 않는 도도한 개였다. 특히 막내를 제 밑으로 봐 짖고 몰아대서 언젠가는 막내가 장독대에 부딪혀 다친 적도 있었다. 우리가 손만 대면 위협적인 이빨을 드러내던 복실이가 지금 땟국물이 줄줄 흐르는 저 여자의 품에 안겨서 마치 친구네 집 그림에서나 본 한 마리 양처럼 순한 눈빛으로 엄마를 보고 있는 것이었다.

구걸하지 않는 것을 보면 거지는 아닌 모양이었다. 그렇다고 복실이를 훔치지도 않았기에 개 도둑도 아니었다. 엄마도 나도 그 여자를 미친 여자로 생각하기로 했던 것 같다. 다시 한 번 엄마가 떨리는 목소리로 나가라고 명령했다. 여자는 복실이를 꽉 껴안으면서 "추워서 그래. 몸 녹이고 갈 거야" 하고 어눌한 말투로 뱉듯이 말했다.

나는 그 여자가 무서웠다. 하지만 집에는 태권도 9단(?)인 삼촌도, 살아 있는 쥐를 물에 빠뜨려 죽이는 할머니도 없었다. 내가 보기에도 세상물정 모르는 엄마는 그저 서 있을 수밖에 다른 도리가 없는 듯했고, 막내는 낮잠을 자고 있었으며, 둘째는 지금 동네를 싸돌아다니고 있을 터였다. 이 집에서 할머니 다음으로 독해서 죽은 쥐를 쓰레기통에 버릴 수도 있는 내가 나서야만 했다.

"복실이 내놔!"

소리를 지르면서 그 여자에게 달려들었다. 팔 여기저기를
막 물었다. "인경아, 그러지 마" 하면서 엄마는 오히려 그 여자
에게서 나를 떼어내려고 했다. 그 와중에 복실이는 제정신으
로 돌아왔는지 사납게 짖기 시작했다. 일이 되려고 그랬는지
마침 둘째가 집으로 들어왔다.

"미친 여자야. 쫓아내!"

둘째까지 달려들자 엄마도 힘을 보태기 시작했다. 미친 여
자의 품에서 벗어난 복실이는 예의 무시무시한 모습으로 돌아
와 있었다. 오히려 복실이가 그 여자를 물지 않도록 진정시켜
야 했다. 드디어 우리는 미친 여자를 대문 밖으로 몰아냈다. 둘
째가 재빠르게 빗장을 질렀다. 나는 복실이를 개집에 넣고 문
을 닫아걸었다.

큰 파도가 지나자마자 동생과 나는 미친 여자가 이번에는
누구네 집을 기웃거리고 있을지 참을 수 없을 정도로 궁금해
졌다. 동생이 대문을 빼꼼 열고 골목을 내다보았다. 우리 집은
골목 제일 안쪽에 있어서 대로에 맞닿아 있는 초입까지 한눈
에 들어왔다. 당시 만화에 빠져 있던 동생은 만화스러운 어투

로 "이상하군. 그 사이 골목을 빠져나갈 수는 없는데. 하늘로 솟았는지, 땅으로 꺼졌는지" 하고 보고했다.

이상했다. 나는 그 미친 여자 때문에 계속 이상한 기분에 사로잡히기는 싫었다. 당시 서울 사람들은 대문을 열어놓고 살았기에 동생과 나는 골목 안 모든 집의 문을 열어 미친 여자를 찾았다. 어느 집에도 없었다. "연기처럼 사라졌군요"라고 말하는 동생의 뒤통수를 한 대 때렸다. 집으로 돌아와 우리는 엄마에게 미친 여자가 사라졌다고 말해주었다.

"그렇게 쫓아내지 말아야 했어."

엄마는 슬픈 얼굴로 말했다. 나는 엄마를 도무지 이해할 수 없었다.

"그렇게 보내지 말아야 했어"

그 사건이 있은 후, 우리 집에는 세 가지 변화가 생겼다.

첫째는 복실이였다. 똑똑하고 용감한 개로 아버지와 삼촌의 사랑을 담뿍 받았는데 찬밥 신세가 된 것이다. 심지어 삼촌한테는 멍청한 개라고 발길질까지 당해 속병이 들었다. 차츰 회복되었지만 이미 풀이 많이 죽어 우리와 친해지기까지 했다.

하루 종일 집 밖에 있는 아버지와 삼촌 대신에 거의 하루 종일 집에 있는 아이들과 사이좋게 지내게 되었으니 복실이에게도 나쁜 일은 아니었다. 하지만 태권도 9단의 삼촌에게서 받은 상처는 치명적이었는지 일찍 죽었다.

둘째는 그해 봄 라일락 나무였다. 라일락꽃의 연보랏빛은 여느 봄과 다름없이 파란 하늘 아래에서 아름답게 빛났다. 라일락의 꽃말처럼 '젊은 날의 추억'을 간직한 애수가 그 안에 있었다. 라일락꽃 향기도 달밤이면 더욱 진해져 달빛 속의 꽃향기를 꿈에서도 맡을 수 있었다. 그런데 꽃과 향기가 봄이 다 지나도록 너무 오래갔다. 그때 내 나이가 열 살이었으니 그해 서울의 봄 기온이 어땠기에 꽃이 그토록 오래갔는지는 기억할 수 없다. 여하튼 학교에 심어져 있던 라일락꽃은 이미 지기 시작했는데도 우리 집 라일락꽃은 여전히 막 피어난 듯 싱그러웠다. 여름이 시작될 무렵까지 꽃그늘을 만들고 있는 라일락 나무를 볼 때마다 그 여자의 얼굴이 떠올랐다. 도대체 그 미친 여자는 누구였을까? 그건 동생도 마찬가지인 듯했다.

"누나, 어쩌면 미친 여자가 아니었을 수도 있어."

어느 날 동생이 말했다. 나는 그래도 내 마음을 들키고 싶지 않아 새침하게 대꾸했다.

"미친 여자가 아니면 뭔데!"

그는 지팡이를 짚고 큰 포대를 메고 사람들이 많은 곳으로 들어갔다.

사람들은 그가 누구인지 몰랐다.

평범하다 못해 조금은 우둔해 보이는 그를 스쳐 지나갔다.

사람들은 빠른 흐름을 방해하는 그를 툭 치고 갈 뿐이었다.

하지만 그가 지나가는 길 옆 꽃대는 사람들이 이름도 모르는 꽃을 피웠다.

여름이 되자 드디어 꽃은 지기 시작했지만, 봄날 우리 집에 불쑥 찾아들었던 그 여자에 대한 의구심은 시들지 않았다.

셋째는 엄마였다. 엄마는 이제 구걸하는 거지에게도 마치 탁발승을 대하듯이 했다. 탁발하는 스님에게 밥상을 올릴 때처럼 귀한 그릇에 정갈한 음식을 담아 예쁜 소반 위에 얹어 거지에게 내주었다. 차마 안방이나 대청마루까지는 못 앉히고 예전에 미친 여자가 앉았던 그 자리에 돗자리를 깔아주었다. 그리고 "그때 그분을 그렇게 보내지 말아야 했어"라고 혼잣말을 하곤 했다. 미친 여자가 엄마에게는 어느새 '그분'이 되어 있었다.

당시 나는 엄마를 이해할 수 있을 것도 같으면서도 이해할 수가 없었다. 어느 날 나는 울분을 터뜨리고 말았다.

"그 여자는 미친 여자였다고요!"

엄마는 나를 달래듯 가만가만 이야기해주었다.

"사실 그날 아침에 절에 가서 불공을 드리고 왔어. 부처님 앞에서 삶을 누릴 수 있도록 모든 것을 갖게 해달라고 기도했단다. 내가 너희들을 방패 삼아 건강을 구하고 행복해지고 싶다고 기도하며 세상의 성공을 구했던 거야. 그날 그분이 내 마음 깊은 곳에 있어서 나도 몰랐던 내 기도를 듣고서 내가 너희들과 살고 있는 곳으로 오셨던 거지. 겸손을 배우도록 거지로,

행복의 지혜를 배우도록 미친 여자로, 성취를 배우도록 실패
한 자로 오셨던 거야. 우리를 찾아왔던 그분은 엄마도 차마 알
수 없었던 엄마의 기도였어. 너도 알잖니. 그 봄 라일락꽃이 그
리 오래 피었던 이유를."

　꽃은 사람들이 알지 못하는 성스러움을 알아서 그 자신을 피
워낸다고 전해진다. 십우도十牛圖의 열 번째 단계의 성인도, 성
프란체스코도 꽃은 다 알아보았다. 세상을 아름답게 창조하는
마음을 가진 성인들은 그렇게 꽃을 피어나게 한 것이다.
　봄날 우리 마당에 들어온 미친 여자에 대해 이야기하며 대
들었을 때 어머니가 나에게 들려준 말씀은, 가장 낮은 곳에서
가장 성스러운 것을 발견한 꽃의 마음과도 같은 것이었다. 내
눈에는 정신이 온전한 사람이 아닌 것만 같았던 그 여자가 사
실은 범상한 사람이 아니라는 것을 라일락 나무는 알아보았다
고, 그래서 오래오래 꽃을 피워냈던 것이라고 어머니는 믿고
싶은 듯했다. 아니, 이미 그렇게 믿고 있었다.
　어머니의 기도는 그렇게 이루어졌다.

사랑은 슬퍼야 아름답고
삶은 슬퍼야 빛난다

"우리 모두는 밤하늘에 떠 있는 별이다.
이 별들이 서로 만나고 헤어지며 소멸하는 것은
신의 섭리에 의한 것이다.
이 신의 섭리를 우리는 '인연'이라고 부른다."
_ 최인호, 《최인호의 인연》

숙을 만나다

"오랜만에 왔네?"

"이번 주에는 점심 먹을 시간도 없이 바빴어요."

식사 때를 훨씬 지나서인지 가게에는 손님이 아무도 없었다. 숙은 겉절이를 담그다 말고 시뻘건 손을 들어 나를 반겨주었다. 우리에게 강아지처럼 꼬리가 있다면 얼마나 반가워하는지를 서로에게 보여줄 수 있을 텐데 싶었다.

자리를 잡고 주문을 하자마자 숙은 커다란 접시에 겉절이를 한 움큼 담아 내주었다.

"학교 다닐 때 공부에는 당최 소질이 없었는데, 내 손만 닿으면 모든 음식이 맛있어지네. 이거 내가 먹어도 참 맛나. 맛 좀 봐. 교수님!"

"네, 사장님!"

사실 그녀는 숙이 아니다. 하지만 나는 마음속으로 단골 식당 주인을 '숙'이라고 부른다.

"혹시, 서울 ○○여중 나오시지 않았어요?"

"아닌데요. 전 수원 ○○여중 나왔는데요."

"아, 그렇군요. 제 어릴 적 친구랑 너무 닮으셨어요."

"어디 또 저처럼 시커멓고 뚱뚱한 아줌씨가 있나보네요."

"……."

그랬다. 그 당시 우리는 숙을 숙이라고 부른 적은 한 번도 없었다. 우리는 그 애를 '릴라'라고 불렀다. 숙은 고 씨였다.

숙과의 인연은 내 짝 덕분에 이어졌다. 짝은 양궁부여서 일주일에 한 번만 교실에 들어왔다. 69번인 나는 수요일만 빼고는 늘 맨 뒷줄 끝에 혼자 앉아 있어야 했다. 짝이 들어오는 수요일은 가장 즐거운 날이었다. 짝은 운동을 하는 아이여서 그런지 가리는 것도 별로 없었고 붙임성도 있었다.

짝은 아침 조회 시간부터 잤다. 하지만 쉬는 시간이면 귀신같이 깨어나서 큰 얼굴에 어울리지 않는 작은 입술로 조근조근 이야기를 했다. 3교시에는 내 손을 가져다가 손톱깎이로 손톱을 깎고 줄로 예쁘게 가다듬어주었다. 4교시 중간쯤에는 쪽지를 주었다.

'점심시간에 우리 양궁부에 가서 라면 끓여 먹을래?'

그때는 3월이었다.

'라면? 정말? 좋아.'

"야, 다른 애를 데려오면 어떻게 해!"

"릴라야, 내 짝이야."

아니, 사람 면전에서 무슨 이런 경우가 있나 싶었다. 더구나 나랑 짝이랑 둘이서 지들 것까지 끓여놓았는데. 생긴 대로 구는구나 싶었다.

"야, 너네끼리 먹어!"

"그게 아니라 양궁부에 다른 애가 오면 우리가 코치님한테 야단맞아서 그래. 라면 먹고 가! 이렇게 많이 끓였는데."

숙은 내 손을 잡아끌었다. 힘이 장난이 아니었다. 숙은 내 손목을 이리저리 돌리더니 낄낄 웃었다. 내 작은 손을 검고 커다란 자기 손 위에 올려놓았다.

"인형 손 같다."

나는 그 아이의 비유가 마음에 들었다. '인형처럼 예쁘다'는 것처럼 들려 갑자기 숙이 좋아졌다.

그 이후, 나는 수요일마다 양궁부에 가서 점심을 먹었다. 코치님도 알았지만 아무 말도 안 했다. 할머니가 수요일에는 맛있는 반찬을 엄청 많이 싸주었기 때문이다.

나는 첫날 박대했던 숙이랑 제일 친해졌다. 숙이는 내가 책을 읽고 나서 해주는 이야기를 듣는 것을 좋아했다. 《폭풍의 언덕》이나 《춘희》 이야기를 해주면 어떤 영화나 드라마보다

도 재미있다고 했다. 나중에 알았는데 숙이는 중학교 1학년인
데도 글을 잘 몰랐다. 그래서 숙이가 내 이야기를 좋아했는지
도 모르겠다. 점심을 먹을 때마다 숙이는 항상 물었다.

"뭐 재미난 거 읽었어?"

"응, 비도 오는데 무서운 이야기 해줄까? 에드거 앨런 포의
《검은 고양이》를 읽었는데…….'

　그때는 몰랐지만 숙이와 나 사이에 이 세상에서 단 하나뿐
인 이야기가 생겨나는 중이었다. 두 어린 영혼은 세상의 모든
이야기 속에서 각자의 삶에 대한 예감을 건져 올리고 있었다.
그때 우리는 우리가 어떻게 태어나고, 어떤 사랑을 하고, 얼마
나 많이 고통을 받고, 그래도 얼마나 높은 희망을 가질지를 이
미 알고 있었던 것 같다.

　우리는 각자의 등에 각자의 이야기를 짊어지고 있었다. 그
래서 우리가 이 삶을 살아가는 동안 우리를 기다려준 두 눈동
자 앞에서, 우리를 불러준 두 손 앞에서, 우리 마음속에 심어진
이야기가 수줍게 빛을 내며 풀려날 것을 알고 있었다. 우리는
그렇게 잊을 수도 없고 잃을 수도 없는 생의 씨앗을 서로에게
심어주었다.

2학기가 되자 짝의 책상이 치워졌다. 운동하는 아이들은 수업을 받지 않고 운동만 해야 했다. 양궁부로 초대를 받지 못하게 되었는데도 할머니는 계속 어마어마하게 많은 반찬을 싸주었다. 반찬통을 들고 양궁부를 찾아갔다. 숙이가 없었다.

"릴라 아직 안 왔어?"

"릴라 학교 그만뒀어. 너, 몰랐냐?"

"엉, 근데 왜?"

"걔네 엄마 술집 하잖아."

"그거랑 이거랑 무슨 상관인데! 나쁜 년들."

우리의 이야기는 어디에서 다시 만날까

아는 척을 할 수가 없었다. 숙이가 자기를 부끄러워하고 있었다. 내가 자기를 못 봤기를 바라고 있었다. 그래서 못 본 척했다.

언젠가 숙이에게 고갱의 〈타히티의 여인들〉 그림엽서를 주면서 "릴라, 언제 그림 모델까지 했어?"라고 놀린 적이 있었다. 숙이는 그림 속 그 여자처럼 순수했고 건강했다. 그때는 몰랐지만 원시적인 아름다움을 가지고 있었다.

그런데 중학교 2학년 추석 무렵 거리에서 마주친 숙이는 아이들이 술집 여자의 딸이라던 모습을 하고 있었다. 검은 피부 위에서 반짝이던 싸구려 분홍 블라우스, 건장한 몸에 찢어질 듯이 달라붙은 파란색 치마, 더 못생겨 보이게 한 짙은 화장보 다도, 숙이 옆에서 거리에 침을 뱉고 있는 양아치 같은 남자가 숙이가 누구라는 것을 말해주고 있었다. 남자는 숙이에게 자 꾸 말을 걸었지만 숙이는 아무 말도 안 했다. 숙이도 나처럼 땅만 보고 걸었다.

나는 속으로 물었다.

'너네 엄마처럼 살 거니? 안 그럴 수 있잖아?'

묻고 또 물었다.

집에 돌아와 옷을 갈아입고 거울 앞에서 머리를 빗는데 눈 에 눈물이 고이는 게 보였다. 울지 않으려고 눈을 크게 뜨고 거울 속의 나를 바라봤다. 내가 울면 숙이가 더 불쌍해질 것 같았다. 하지만 거울 속의 나는 벌써 울고 있었다. 나는 그날 알았다. 눈물은 '영혼이 흘리는 피'라는 것을.

숙아,

내가 '숙'이라는 별명을 붙인 영옥이에게서 지금 네가 어떻 게 살고 있는지를 본다. 너도 영옥이처럼 크고 거친 손을 가졌 을 것이다. 너도 영옥이처럼 따뜻한 손을 가졌을 것이다.

우리가 함께했던 날에 네가 어떤 이야기를 네 등에다 지운 것인지는 모르겠다. 하지만 네 마음속 깊이 심어져 있었던 삶에 대한 사랑의 씨앗은 타히티의 검은 밤, 검은 별까지 자라났을 것이다. 그날 너를 모른 척해주기를 부탁했던 두 눈동자는 내가 이 세상에서 본 가장 슬픈 눈동자였다. 아무나 슬플 수는 없다. 사랑은 슬퍼야 아름답고 삶은 슬퍼야 빛난다.

숙아, 나도 내 이야기에서 배웠다. 슬픔에 아파하지 않고 무릎을 꿇을 때 삶의 씨앗이 우리의 소망 끝까지 자라난다는 것을.

지상에 두고 간
마지막 인사

"신은 진실을 알지만 빨리 말하지 않는다."
_ 레프 톨스토이, 《사람은 무엇으로 사는가》

눈 내리는 변산반도

한겨울의 어느 날 밤, 나는 아주 짧은 꿈을 꾸었다. 우리 아파트를 지키는 경비 할아버지가 활짝 웃는 얼굴로 나타나 "눈도 쉬어 가는 변산반도에서 쉬어 갈 거예요"라고 말했다.

꿈을 꾸자마자 깨어났다.

'무슨 꿈일까?'

그는 아주 친절하고 책임감이 넘치는 수위이기는 했다. 그런데 그의 사명 어린 직무 수행은 자주 아파트 주민을 향한 쓴소리로 이어졌다. 사람들은 넘치는 그의 친절을 도를 넘어서는 간섭으로 여기게 되었다. 일을 열심히 잘하는 분이면 족하다 싶어서, 나도 그에게 도움을 받으면 간식 같은 것으로 갚는 그런 정도의 거리만 유지하고 있었다.

그런 그가 내 꿈에 나타나서 어린 소년이 소풍을 가는 듯 설레는 모습으로 변산반도에 간다고 자랑을 한 것이었다.

눈 내리는 변산반도는 사실 내 마음속에서 너울거리는, 차마 가보지 못하고 남겨놓은 아름다운 곳이다. 한 20년 전 봄 무렵 변산반도에 가본 적이 있기는 했지만 눈 내리는 변산반도의 아름다움은 책에서만 보았지 실제로는 경험하지 못한 그리움 같은 것이었다.

기대와 그리움으로 버무려져 상상으로만 남은 '눈 내리는 변산반도'는 나에게 이 세상에서는 볼 수 없는 아름다움으로 간직되었다.

꿈이 마음에 안 들었다. 좋은 꿈도 아니고 나쁜 꿈도 아니고, 아무 의미도 없는 것 같았다. 다시 잠을 잤다.

아침이 오자 눈이 내리기 시작했다. 70년 만의 폭설이라고 했다. 그때 관리실에서 방송을 했다.

"702동 경비 ○○○씨가 어젯밤 돌아가셨습니다. 고인은 ……(중략). 조의를 표하고 싶으신 분은 아파트 관리실로 문의하십시오."

나는 순간 멍해졌다. 내가 꿈에서 그를 본 시각이 그가 이 세상을 떠난 시각이라는 것을 직감적으로 알았다. 방송으로 그의 죽음에 대해 들었을 때, 사실 나에게는 한 인간의 죽음이 문제가 아니었다. 그가 왜 내 꿈에 와서 그렇게 작별 인사를 해야 했는지가 문제였다. 죽은 영혼을 불러낼 재주는 없으니 현실에서 이리저리 맞춰보아야 했다. 물걸레를 들고 마루를 훔칠 때가 아니었다. 나는 약간의 조의금을 챙겨 들고 부리나케 관리실로 갔다.

"안녕하세요? 경비 할아버지에게 조의를 표하려고요."
흰 봉투를 내밀었다.
"네, 감사합니다. 이따 부녀회에서 문상 가는데, 그 편에 전해드릴까요?"
"네. 그런데 어떻게 돌아가셨어요?"
삼삼오오 서 있던 관리실 직원들이 기다렸다는 듯 할아버지의 죽음에 대해 한마디씩 해주었다.
"그 양반, 독거노인이었어요. 혼자 쓸쓸히 돌아가신 거죠. 항시 근무 시간보다 훨씬 전에 와서 교대하는 강 씨랑 모닝커피도 마시고 청소도 하시던 양반인데 오늘따라 늦더래요. 칼 같은 양반이 웬일인가 싶어 전화를 걸었는데도 당최 받지를 않았대요. 한 시간을 기다려도 오지 않고 연락도 없으니 이거 큰일 났구나 싶어서 그 양반 사는 집에 갔는데, 아무리 불러도 기척이 없고, 결국 열쇠를 불러서 따고 들어갔다네요."
"아유, 그래도 평안히 간 거지. 옛날 우리 할머니가 잠자듯이 갔으면 좋겠다고 허구한 날 입에 달고 사셨는데. 그 양반, 이 세상에서 복은 없었어도 죽는 복은 있었나봐!"

"그게 무슨 복이여! 난 마누라, 자식들 쭉 세워놓고 죽을 거야."

"자식이 아예 없나?"

"몇 년 전에 마누라도 돌아가고 딸 하나 있는데, 어려운가봐. 오죽하면 그 늙은 나이에 아파트 경비를 했겠어!"

"호상이지 뭐. 암이다, 치매다 해봐!"

"어이, 눈이 거하게도 내리네. 아, 요번 겨울은 지긋지긋하게 눈이 내리는구먼."

관리실에서 나와 집으로 돌아오는 길은 이미 온통 눈으로 덮여 있었다.

'외롭게 살았단다.'

내 발자국이 또렷하게 찍히자마자 눈이 덮어버렸다.

'고독하게 죽었단다.'

이제 경비 할아버지가 걷는 눈길은 발자국이 생기지 않는 길이겠지, 하는 생각이 들었다.

'그래도 잘 죽었단다.'

나는 그의 발자국을 밟으며 눈길을 걷고 있는 것 같았다.

사람들은 그가 고독하게 죽었다 했다. 그것은 아무도 모른다. 내가 그를 찾아간 것 같지는 않다. 그가 내 꿈에 들어왔던 것 같다. 그래서 그때 우리는 같이 있었다. 그는 세상 밖으로 놀러 나가는 아이처럼 눈 내리는 변산반도에 간다고 자랑을 했다. 나는 그렇게 그의 마지막 인사를 들었다.

사람들은 그가 잘 죽었다고 했다. 그것은 아무도 모른다. 그는 세상 밖의 삶을 믿지 않은 나에게 우리가 무엇이 될 수 있는지를 알려주었다. 나는 꿈에서조차도 그를 믿으려 하지 않았다. 그래서 그와 나의 꿈은 그렇게 짧았다. 그래도 그는 죽음도 좌절시키지 못하는 삶이 있다는 것을 알려주었다.

사람들은 그가 외롭게 살았다고 했다. 그것은 아무도 모른다. 그가 살아서 보여준 넘친다 싶은 친절과 일에 대한 열정은 죽음도 범하지 못하는 삶에 대한 깊은 동경은 아니었을까? 그는 진실한 삶에 대한 사무친 그리움 속에서 살았다. 그는 우리가 알았던 것보다 큰 인생을 살았던 것이다.

과연 내가 그의 마지막 인사를 받을 자격이 있었나 싶은 생각에 미안한 마음이 들었다. 내게는 그럴 자격이 없는 것 같았다. 나는 꿈속의 그도, 그가 간 세계도 믿을 수가 없었다. 하지만 그가 나에게 준 꿈은 단 한 번 꾸고 끝날 꿈이 아니라는 것이 어렴풋하게나마 느껴졌다. 그가 내게 준 기묘한 수수께끼를 풀어낼 때, 마침내 그와 나는 눈 내리는 변산반도에서 첫 인사를 나눌 수 있을지도 모른다.

아직 반짝이지 않은 먼 별처럼

그가 별이 되었다면 지구에서 아주 멀리 떨어진 곳의 별이 되었을 것 같다.

너무 멀어서 아직 우리의 하늘 위에서 빛나지 않지만, 그 빛은 분명히 우리를 향해 오는 중이다. 그 별빛은 지구가 사라진 후 우리의 하늘이 푸르렀던 자리에 도착할 것이다.

무덤 속의 수의가 요람 위 배내옷으로 변하는 모순의 시간을 인내하는 자만이 그 별빛 아래에 서 있을 수 있다.

눈 내리는 변산반도로 간 경비 할아버지의 글을 쓰는 저녁, 서울과 중부지방에는 봄눈이 내리고 있다. 아파트 입구 산수유의 노란 꽃망울에 하얀 눈이 내려앉았다. 고통의 죽음을 맞이했던 많은 사람들이 하얀 눈길을 밟고 꽃피는 마을로 가기를, 그곳에서 행복하기를 빈다.

우리가 다르지 않은
무엇이 될 때

"소울메이트를 일부러 찾아다닐 필요는 없다.
왜냐하면 만약 당신의 소울메이트가 당신의 삶을 통과하게 된다면,
짧은 순간이든 긴 시간이든 반드시 당신과 만나게 될 것이기 때문이다."
_로나 번, 《수호천사》

선생님과 3층 아줌마

"선생님, 올해는 못 보나 했네. 잘 오셨어요."

"오죽이나 더웠나요. 신촌 3층 아줌마 만나러 가야 한다고 했는데 애들이 이 더위에 어디를 가냐고 말리면서 당최 데려다줄 생각을 안 하는 거야. 에라, 관둬라 하고 더위 가시기만 기다려서 왔지요. 늙으니깐 마음대로 다닐 수가 있어야지. 그런데 이게 무슨 냄새예요? 뭐 태웠어요?"

"말도 마세요! 할아버지께서 불을 내셨잖아! 이젠 방화까지 하시니 저 등쌀에 내 살이 말라요. 벽이 앞을 막아 답답하다고 하셔서 멀쩡한 벽을 허물고 유리문을 해드리고, 살림살이 다 버리고 새로 장만하라고 하셔서 분부대로 따른 게 재작년인데, 벌써 변덕이 나신 거죠."

아이들이 '3층 아줌마'라고 부르는, 칠월칠석에 딱 한 번 보는 예전의 내 이웃이 유리문을 열고 커튼을 젖혔다. 6·25 때 이후로 방에 불이 난 것은 처음 봤다. 제단 아랫부분은 까맣게 그을린 채 물에 젖어 있고, 윗부분은 형체가 거의 남아 있지 않았다. 제단 위만 탄 것이 신기할 정도였다. 3층 아줌마가 모시는 할아버지는 하얀 눈썹이 꿈쩍이나 할까 싶도록 천연덕스럽게 걸려 있었다. 오른쪽 옆에 놓인 공수를 내릴 때 쓰는 병풍도 그을음 하나 없이 멀쩡했다. 방 안으로는 들어갈 수 없어서 거실에서 할아버지께 인사를 올렸다.

"한 달 전부터 '제단이 낡았다. 바꿔라' 하셨지만 들은 척도 안 했어요. 한두 푼이 들어야지요. 기도 드릴 때는 말할 것도 없고, 낮에 좀 조용히 있고 싶어도 '제단이 낡았다' 하고 계속 말씀하시는 거예요. 한 보름 전부터는 잠잘 때에도 '제단이 낡았다' 하고 귀에다 속삭이는 거야. 와, 미치겠더라고. 남편 같으면 진작 이혼했지, 왜 살아! 나흘 전 낮에도 계속 그러시기에 내가 통장을 거실 바닥에 내팽개치고는 '이러고는 못 살아요!' 하고 찜질방으로 나가버렸네. 두 시간쯤 지났나? 수위 아저씨한테서 전화가 온 거예요. 우리 집 안방 쪽에서 검은 연기가 나와서 소방차를 불렀다고. 빌라 바로 앞에 소방서가 있으니 안심하고 일을 낸 거죠. 제단 위만 살짝 태운 거예요. 소방서에서는 누전이라는데 아무도 전기를 쓰지 않는 빈집에서 누전이 웬 말이겠어요."

"좀 참고 사시지. 요즘 경기도 안 좋은데."

"선생님, 근데, 굿이 잡혔어요."

3층 아줌마의 이야기

내가 선생님이라고 부르는 사람은 할아버지 집에 와서 점도 보지 않고 굿도 하지 않는 유일한 손님이다. 선생님은 예전에는 아래층에 살던 이웃이었고 지금은 일 년에 한 번 칠월칠석에 나를 만나러 오는 친구다. 선생님의 남편 분 덕분에 선생님과 친분이 생겼고, 그 댁 자녀도 나를 '3층 아줌마'라고 부르며 이웃으로 받아들여주었다.

할아버지를 모시고 이사를 들어가던 날, 이삿짐을 나르는 분들은 과연 이삿짐을 풀 수 있을지를 나보다 더 걱정했다. 할아버지를 몰래 숨겨서 도둑 이사를 할 수는 없었다. 할아버지의 그림을 앞이 보이게 들고 한 계단 한 계단 지신밟기를 하면서 올라가야 했다.

수위가 기겁을 하면서 막았다. 내 이삿짐을 본 입주민들은 무당이 이사를 왔다면서 수군거렸다. 상호만 들고 조용히 계단을 오를 것이라고 해도 끝내 입주민들이 막았다. 할아버지는 짐짝처럼 옮겨졌다.

사흘쯤 지난 후 입주자 대표라는 분이 찾아와 현관문을 두드렸다. 드디어 올 것이 왔구나 싶었다. 어디서든 한 번씩은 꼭

거쳤던 일이니, 오히려 기다리고 있었다. 문을 열자 오십 대 후반으로 보이는 훤칠한 미남이 서 있었다.

'이런 남자는 무당에게 어떤 모진 말을 할까?'

내가 불쌍해졌다. 그분을 안으로 청했다. 그 당시 할아버지는 현관에 서면 다 보이게끔 거실에 모셔져 계셨다. 그분은 들어오더니 대뜸 할아버지에게 큰절부터 올렸다. 나를 통해 칠성님의 말을 받으러 오는 사람도 저렇게 구부리지는 않았다. 나를 통해 칠성님의 복을 빌러 오는 사람도 이렇게 엎드리지는 않았다. 그분은 내가 모시고 있는 할아버지를 존중해주고 있었다. 그분은 할아버지를 섬기고 있는 나를 존중해주고 있었다. 조금 전까지 내가 나를 불쌍하게 여겼던 것이 그분에게 미안했다.

절을 마친 그분께 "감사합니다" 하고 인사를 했다. 잘생긴 얼굴에 미소를 지으니 미풍이 이는 듯했다. 그분은 내가 입주민으로서 지켜야 할 에티켓 같은 것을 당부했다. 새벽에 징만 치지 않으면 이 빌라에서 이분의 존중을 받으면서 살 것 같았다. 어려운 일도 아니었다. 요즘이 어느 세상인데 무당이 징이며 꽹과리를 친단 말인가. 다만 사람들은 무당인 내가 옆집에 사는 것이 싫은 것이었다.

이틀 후 나는 용기를 내서 아랫집 문을 두드렸다. 그날 선생님을 처음 봤다.

"이사 떡이에요. 떡집에서 방금 왔지요. 상에 올리지 않은 떡이에요."

"괜찮아요. 상에 올린 떡이면 더 좋죠. 복을 빌고 소원을 빈 음식인데요. 절에서 떡을 하면 복떡이라고 금방 동이 나요. 들어오셔서 같이 차 한잔해요."

나는 무당이 된 후 처음으로 여염집에 초대를 받았고, 여염한 사람과 사귀기 시작했다.

일 년에 단 하루, 견우와 직녀같이

3층 아우님과의 인연은 돌아간 남편이 맺어준 것이다. 아우님과는 일 년에 딱 한 번 만날 뿐, 평소에는 서로 전화도 하지 않는다. 칠월칠석이면 내가 아우님의 집을 방문한다. 아우님이 칠성님을 모시고 있으니 한 해 중 가장 길일일 것이라는 생각에서다. 아이들은 엄마랑 3층 아줌마가 견우와 직녀냐, 누가 견우고 누가 직녀냐, 하면서 놀린다.

아우님은 칠월칠석이면 내가 좋아하는 찹쌀밥에 온갖 나물을 해놓고 나를 기다린다. 사실 그날은 점을 보러 오는 손님을 안 받는 날이기도 하다.

"선생님이 오시면 할아버지께서 아무 말씀도 하지 않으세요. 오랜만에 아주 조용해지는 거지요. 사람들의 길흉화복을 말할 때 병풍의 그림이 움직이는 것을 보고 말하는데, 병풍의 그림도 움직이지 않아요. 선생님이 다녀가시는 반나절 동안 저는 무당이 아니에요. 칠성님을 모신 저는 칠월칠석이 진짜 국경일이에요. 빨간 날이라고요. 그러니 노는 날은 친구와 신바람 나게 놀아야겠죠."

"이제 내가 하도 늙어서 덤으로 살고 있나보네. 그러니 그림도 움직이지 않고 할아버지도 입을 다무셨나보지. 그래도 이 늙은이 죽는 날까지 허튼 짓 하지 않게 눈을 뜨고 봐주십사 부탁해주시게. 아우님은 아시지 않는가? 내가 마음속에 움직이지 않는 그림을 가지기까지 얼마나 많이 흔들렸는지를. 늙음이 온 만큼 고요가 왔다면 참 좋은 일이지 싶네."

우리가 만나는 단 하루 반나절은 어쩌면 짧은 순간일 수도 있지만, 내 아우님은 아주 오랜만에 내가 가져다준 인간의 고요를 즐기고 나는 사람들의 영혼을 어루만지는 아우님이 펼쳐놓은 성스러운 배려를 즐긴다. 그래서 우리는 별 이야기도 하지 않는다. 같이 밥을 먹고 함께 차를 마시다 보면 벌써 서너 시, 나는 돌아갈 준비를 하며 주섬주섬 짐을 챙기는 것이다.

우리가 현관 앞에서 하는 의식은 항상 정해져 있다. 내가 신을 다 신고 잘 있으라는 눈빛을 보내면, 아우님은 무당이 한 영혼 또는 한 사람과 헤어질 때는 공술을 주어야 하는데 오늘은 휴무일이니 그 대신 노래를 불러주겠다면서 부채로 머리에서 발끝까지 쓸어가며 복을 빌어준다.

"바람 타시고야 구름 타시고, 무지개 발로 서기지게 발로 하강하야, 인간을 살펴보시고, 언제든지 명을 주자 복을 주자, 있는 자손을 수명장수, 없는 자식도 불귀시고야……."

그러면 나는 아우님의 부채에 맞춰 덩실덩실 어깨춤을 춘다. 넓은 거실을 놓아두고 좁은 현관에서 아우님은 노래하고 형님은 춤을 춘다. 노래가 다 끝나면 나는 두 손을 모아 감사의 인사를 한다.

"아우님, 우리 내년에도 견우와 직녀처럼 칠월칠석에 또 만나요."

마음을 담아
드립니다

"내가 성취하려고 원하는 것, 지금껏 30년 동안 성취하려고
싸우고 애써온 것은 자아의 실현이다."
_ 마하트마 간디, 《간디 자서전(나의 진리실험 이야기)》

향기 나는 사람

몇 달 만에 강남역 근처에 나갔다. 버스에서 내리자마자 도시의 파란만장한 삶이 펼쳐졌다. 도시의 좌절된 야심은 지하도 입구에서 검은 얼굴로 담배를 피워대고 있었다. 그의 한숨이 섞인 회색 연기를 거쳐 계단을 내려가자 내 머리와 옷에는 이미 퀴퀴한 냄새가 배어 있었다. 지하 통로에서는 도시의 이루지 못한 영화를 담은 화려한 전단지가 사람들에게 들러붙었다. 전단지를 처리할 쓰레기통도 보이지 않아 할 수 없이 가방 속에 구겨 넣었다. 지하상가를 지나 끝으로 나가는 길은 과연 사람이 사람을 얼마나 참아낼 수 있는지를 시험해보려는 장치 같았다. 사람을 치고 사람에 치이며, 결국 우리는 서로에게 장애물이 되었다. 도시에서 우리는 서로에 대한 실제적인 폭력을 아무렇지도 않게 실현하고, 그 결과 상처 난 마음을 얻었다.

어서 일을 처리하고 이 거리를 떠나고 싶은 생각뿐이었다. 고개를 숙이고 발걸음을 빨리했다.

"인경 씨!"

아주 먼 곳에서 부르는 소리처럼 들려 처음에는 잘못 들은 줄 알았다.

"나야! 이게 얼마 만이야?"

내 앞을 한 여자가 막아섰다. 내가 어디서 이 늙고 가난한 여자를 보았던가 싶었다. 하지만 대충 아는 척하고 지나고 싶지 않았다. 그 여자에게서는 낯선 곳의 향기가 났다. 이곳의 지옥과도 같은 삶을 떠났던 것이 분명한 향기가 내 코에 전해졌다. 깊은 산속의 묵은 낙엽 향 같은 신선한 냄새였다.

"나야, 법성화."

"어머, 언니! 언제 돌아왔어요?"

그녀의 꿈이 나를 이끌었다

나는 그녀의 집에 갔다. 정확히 말하자면 그녀가 봐주고 있는 전원주택에 딸린 그녀의 방에 앉아 있었다. 그녀와 나는 각자 절친한 언니를 사이에 둔 '아는 사이'였다. 그 언니를 끼고 한두 번 만난 적이 있었다. 하지만 절친한 언니가 스님이 된 이후 굳이 만날 이유가 없는 사이이기도 했다. 그럼에도 불구하고 그녀는 대뜸 내게 바쁘냐고 묻더니, 별일 없으면 밥해줄 테니 자기 집에 가자고 했다.

그녀와 함께 광주 퇴촌까지 간 것은 순전히 그녀에 대한 호

기심 때문이었다. 약 4년 전쯤 그녀가 다람살라로 떠났다는 이야기를 들은 적이 있었다. 아무도 아닌 사람이 되기로 그녀는 작정했다. 그녀는 내가 소중하게 여기는 것을 버리고 내가 살 수 없다고 생각하는 땅으로 떠난 사람이었다.

사실은 그녀가 부러웠다. 심지어 질투까지 났었다. 그런데 오늘, 염색도 하지 않은 하얀 머리에, 초라한 옷에, 보자기 같은 가방만 하나 달랑 든 그녀를 강남 한복판에서 만난 것이었다.

그녀의 이야기가 궁금했다. 내가 모르는 곳의 작은 이야기들을 듣고 싶었다. 그리고 언젠가 나도 이곳을 떠날 수 있다는, 몰래 간직했던 꿈을 확인하고 싶었다.

그녀가 저녁을 준비하는 동안 나는 방에 있었다. 방에는 정말 필요한 옷가지와 이불 정도만 있을 뿐 아무것도 없었다.

"중도 아니면서 중처럼 사네."

혼잣말이 절로 나왔다. 그녀는 다시 어디론가 떠날 사람 같았다.

그 순간 내 눈길을 잡아끈 것이 있었다. 방의 정중앙 벽에 기대여 놓은 액자였다. 나그네가 하룻밤 유숙하는 곳 같은 방에 어울리지 않아 보였다. 누리끼리한 종이가 붙어 있는 것이 콜라주 같았다. 없는 살림에 예술 작품이라니, 예전의 언니를 보는 듯해서 저절로 미소가 지어졌다. 가까이 가서 작품을 관찰하는데 뭔가 이상했다. 작가의 사인도 없었지만 그렇다고 복제품 같지도 않았다. 더 가까이 다가가 유심히 보니 화장지였다. 그것도 질이 아주 낮은 것이었다. 그런데 액자의 틀은 꽤나 돈을 들여 맞춘 것이 분명했다. '저 언니가 혹시 어디가 잘못된 것은 아니겠지' 하는 걱정이 들었다.

쪼르르 주방으로 나가서 화장지에 대해 물었다.

"언니, 액자의 누런 화장지는 뭐예요?"

언니는 벌써 카레를 푸는 중이었다.

"응, 그거 선물로 받은 거야. 내가 다람살라에 살 때 내 수행을 봐주시던 린포체(Rinpoche, 스승)가 계셨지. 그분이 수행만이 아니라 내 생활까지 걱정해주시고 챙겨주시는데 무척 고마운 거야. 그래서 한국 음식을 대접하려고 저녁식사에 초대를 했어. 함께 초대받았던 다른 사람들이 하나씩 선물을 내놓았는데, 그때 그분이 미소를 지으시더니 내 방에 있는 티슈 곽에서 화장지 한 장을 뽑으시는 거야. 그리고 길고 가느다란 손가락을 천천히 우아하게 움직이면서 화장지를 접으셨어. 그게 하나의 퍼포먼스 같았다니까. 우리가 얼마나 집중해서 린포체의 손가락을 따라갔는지.

그렇게 화장지를 접고는 나에게 주시면서 '마음을 담아 드립니다' 하시는 거야. 얼마나 감동적이었는지. 싸구려 화장지 한 조각이 이 세상에서 가장 값진 선물로 변한 거지. 다람살라에 살면서 마음이 담긴 화장지를 소중하게 간직했어. 그리고 서울에 오자마자 액자로 만들었지. 참 아름다운 선물이잖아.

난 저 화장지를 볼 때마다 린포체의 자비를 생각하고 나 또한 린포체 같은 자비로운 존재가 되기를 소원해. 그래서 내가 머리를 두는 곳에 마음이 담긴 화장지를 놓았어. 자는 동안에도 잊지 말고 내 첫 마음을 지켜달라고.

처음에는 싸구려 화장지였고, 그 다음에는 나한테 온 세상에서 가장 소중한 선물이었고, 지금은 나의 부처님이고 나의 예수님이고 그래. 화장지였던 그것이 앞으로 무엇이 될지는 아무도 모르지 않겠어? 화장지가 무엇이 될까, 그게 아마도 내 화두일 거야."

"인경 씨, 맛있게 먹어" 하고 말하며 카레를 내 앞으로 밀어 주는 저 언니가 예전에 내가 알던 그 언니가 맞나 싶었다.

"인생은 아름답다고 말해주고 싶어요"

"언니, 옛날 어느 고귀한 족속은 게처럼 꽉 물고 놓지 않으려는 마음 때문에 불행하다고 생각했대요. 마음을 게 발처럼 뚝뚝 끊어버리고 마음 없이 산다면(황동규, 〈쩽한 사랑 노래〉 참조) 이 세상에서 가질 수 없는 참 평화를 누릴 수 있을 거라고 생각한 거예요. 그래서 그들은 3천 겁 동안 마음이 없는 바위가 되어 살기로 했지요. 그렇게 그들은 강건한 몸을 가지게 되었고 산처럼 무너지지 않는 세상으로 자신을 둘러쌌어요. 3천 겁 동안 기쁨도 슬픔도 몰랐어요.

하지만 평화롭다고 할 수도 없었어요. 마음이 없었으니까요. 그들은 긴 기간 동안 분노하지도 않았고 저항할 수도 없었어요. 그래도 괴롭지 않았어요. 마음을 잊었으니까요. 바위는 외롭지도 두렵지도 않았죠. 마음이 사라졌으니까요.

어느 날 바위 사이에 어디에서 왔는지 모를 꽃이 피어났어요. '인생은 아름답다고 말해주고 싶어요'라고 말하며 꽃잎은 바위에게 사랑을 주었지만 바위는 느낄 수가 없었어요. 바위는 처음으로 자신의 선택을 의심했지요. 그의 검은 몸에 작은 꽃이 죽어 떨어져도 슬프지 않았으니까요. 마음을 버리자 그가 원했던 것과는 정반대로 지옥 같은 관계를 만들었다는 것을 알았어요.

언니, 우리는 3천 겁의 시간 중 어디쯤에 와 있을까요? 언니의 화장지는 작은 꽃잎의 마음 같아요. 언니는 또 떠날 거지요? 언니는 마음을 믿지 않는 세상에서, 그래서 마음이 사라진 세상에서 마음에 이르는 미지의 길을 찾아 나선 바위 인간이니까요. 마음을 찾기 위해서 해가 돋아나는 산 너머까지 갈 테고 바람이 피어나는 산 끝까지 갈 거지요? 나는 알아요. 언니가 찾아간 그곳은 화장지의 마음이 별이 되어 솟는 곳일 게 분명해요."

법성화 언니가 꽃처럼 함박 웃었다.

나는 그들을 만나기 위해
이곳에 왔다

"그대와 나는 물을 따라 흘러온 존재
 가슴과 사랑을 나누는 물 한 줄기
 그 물 위에 떴던 우리
 수백만 사랑하는 사람들 속에 있었던 우리 (중략)
 옛 사랑, 끊임없이 영원토록 되살아날 그 사랑."
 _타고르, 〈Unending Love〉

바레이 호숫가에서

버스가 모퉁이를 돌아서자마자 이곳이 우리에게 선물처럼 주어진 곳이라는 것을 알 수 있었다.

'여기구나, 호수의 한가운데 무너진 신전이.'

나는 호수를 건너 들어갈 저곳이 이 세상에서 내가 찾고 싶었던 곳 중의 하나라는 것을 바로 알았다. 내 의지를 넘어서는 그곳에서, 우연이라고 불리는 필연이 준 그곳에서 하얀 나비가 날아들었기 때문이다.

하얀 나비가 날아들었다

앙코르와트 여행의 마지막 날이었다. 아침부터 계속 한인 상점들만 돌던 터라 질릴 대로 질린 상태이기도 했다. 그러던 와중에 겨우 도착한 곳이 바로 이 섬이었다.

우리는 섬에게 초대받은 손님 같았다. 배가 발동을 걸고 움직일 때 하얀 나비가 갑자기 나타나 뱃전 위에서 빙글빙글 날았다. 그것만으로도 충분한 길조였다. 그런데 나비는 호수 위 잔잔한 바람에 밀려 높이 솟구쳤다가 다시 허공으로 내려앉곤

하면서 뱃길을 인도하듯이 날았다. 바람과 함께 춤을 추는 나비는 진정한 안내자 같았다. 나 혼자만의 생각은 아니었는지 배에 탄 모든 이가 가벼운 미소를 짓고 있었다.

앙코르와트는 위대하고 감동적이었지만 애수에 젖어 있었고 허무했다. 그 무엇도 허공을 채울 수는 없었다. 하지만 하얀 나비는 바람 같은 날갯짓만으로 호수 위 허공을 충만하게 만들었다. 나비의 몸짓은 마치 계시와도 같아서, 섬에 들어가기 위해 마음을 씻는 기분을 주었다. 배가 섬에 닿을 무렵 나비는 항해의 끝을 알려주려는 것처럼 뱃머리에 사뿐히 내려앉았다.

파란 나무 집

앙코르 최대의 인공 호수 안에 있는 인공 섬이라지만 앙코르톰이나 앙코르와트에 비교한다면 바레이 호수 안의 이 섬은 가이드 말마따나 볼 것 없는 곳이었다. 사람들은 신전 터를 보는 둥 마는 둥 하더니 이내 그늘 밑 해먹에 누워 코코넛을 주문했다.

섬은 생각보다 훨씬 더 작았다. 어울리지 않게 부처 두 분이 서쪽 방향으로 모셔져 있는 것이 눈에 들어왔다. 마치 부부 같은 느낌이 들었다. 두 부처를 모신 뒤쪽에 얼기설기 지은 파란 집이 보였다. 남의 살림집을 엿보는 것 같아 이내 돌아서는데, 집 아래에서 이가 다 빠진 할머니가 난영 언니와 나를 보더니 소리 없이 웃었다. 이곳 사람들은 물건을 팔 때만 으레 입꼬리를 올리는 게 전부였는데, 드디어 마지막 여행지에서 수많은 석상들 위에서나 보았던 미소를 할머니의 얼굴에서 보았다. 커다란 바위 얼굴의 미소가 할머니의 주름살투성이 작은 얼굴에서 살아 움직이고 있었다. 섬에 온 이유는 이것이면 되었다 싶었다.

나는 고무되어서 인사를 건넸다. 할머니는 더 크게 입을 벌려 웃느라 눈에 눈물이 고일 정도였다. 할머니의 미소는 우리를 만난 것이 얼마나 기쁜지를 알려주는 것 같았다. 할머니는 옆에 있는 상자의 뚜껑을 열었다. 콜라와 맥주 캔이 얼음과 함께 들어 있었다. 일순간 착각이 들었다.

'어머, 할머니가 음료수를 주시려나보다.'

하지만 콜라는 관광객이나 사 마실 수 있는 고급스러운 음료였다.

'그래, 여긴 관광지야. 이곳에서는 그냥 짓는 미소는 없어.'

그래도 알 수 있었다. 할머니의 미소는 단순히 물건을 팔기 위해 지은 가짜 미소가 아니었다. 설령 물건을 팔기 위한 수단이었더라도 할머니의 미소는 아무나 지을 수 있는 미소는 아니었다.

　나와 난영 언니는 일행이 있는 곳으로 돌아와 코코넛을 나누어 먹으면서 쉬었다. 난영 언니도 할머니의 미소가 인상적이었는지 남편에게 할머니의 미소에 대해 설명해주었다.

　"그 할머니는 물건을 팔 건 안 팔 건 그런 것에는 이미 달관한 얼굴이었어. 아마도 수행을 많이 하신 분 같아."

　나는 난영 언니의 입에서 나온 '수행'이라는 단어가 낯설면서도 신선했다. 언니는 착실하고 독실한 기독교인이기 때문이었다.

　"그래. 법당에서 기도 많이 하셨나보네."

　법당이라는 말에 고개가 갸웃해졌다. 처음에는 형부가 뭘 잘 모르고 하는 말이라고 생각했다. 주변을 산책하면서도 법당은 그림자도 못 보았던 터였다. 그런데 형부는 법당을 보았다는 것이다. 어디에서 보았느냐고 물었더니 형부가 대답했다.

　"파란 집."

　나는 다시 일어서서 파란 집을 향해 달리다시피 걸었다.

법당 안에서

할머니는 내가 살림집이라고 생각한 법당 앞마당에서 꽃을
꺾고 계셨다. 역시 물건만 파는 할머니는 아니었다. 법당 앞 꽃
과 할머니의 미소가 잘 어울렸다. 법당을 찾아온 우리를 돌 같
기도 하고 꽃 같기도 한 미소로 맞아주시면서 법당으로 올라
가라고, 절을 하고 가라고, 경배의 자세를 보여주셨다.

계단을 올라 파란 법당에 들어서자 이 섬의 꽃들로 꾸며진
제단 위에 부처님이 앉아 계셨다. 그 옆에는 남방의 황토색 가
사를 두른 스님이 할머니와 같은 미소로 우리를 맞아주셨다.

경배를 드리는데 예기치 못한 일이 일어났다. 갑자기 발밑
이 흔들리면서 어지러웠다. 나는 이곳을 잊어버린 꿈에서 보
았던 것이 기억났다. 예전에 나는 언젠가는 가야만 하는 곳을
꿈에서 보았는데, 그곳의 표식은 남편과 아내가 세운 부부 부
처가 서 있다는 것이었다. 그리고 지금 드디어 내가 그곳에 온
것을 알았다.

내가 결코 잊어서는 안 되는 것을 잊고 있었다는 사실을 직
감적으로 알 수 있었다. 심장을 얼음 칼로 찌르는 것 같은 아
픔이 일면서 온몸에 전율이 일어났다. 아픔은 뜨거운 눈물로

변해 흘렀다.

　나는 그들을 만나기 위해 이곳에 온 것이었다.

　"언니, 그 작은 섬 법당 마당의 부처는 왜 둘일까요? 마치 부부 부처 같지 않아요? 아까 그 할아버지와 할머니도 부부 같아요.

　우리가 전설의 섬에 갔다 온 것 같지 않아요? 언니, 그리스 신화를 생각해봐요! 바다 한가운데에 세상의 배꼽과도 같은 작은 섬이 떠 있잖아요. 그 섬에는 신전이 있고 신을 경외하고 이웃을 사랑하는 금슬 좋은 노부부가 살고 있다는 신화가 떠오르지 않아요?

　바레이 호수의 비구와 할머니는 세상의 중심을 지키는 부부인 것 같아요. 그 둘은 옛날부터 그 섬에 있었던 사랑인 것 같아요. 길고 긴 세월 동안 여러 모습으로, 수많은 형태로 거기에서 계속 살았을 거예요. 우리가 조금 전 다녀온 저 섬에서는 세상을 지키려는 사랑이 이 세상이 끝날 때까지 끊임없이 되살아날 것 같아요. 둘의 '처음의 사랑'과 '마지막 사랑'이 다르지 않을 때, 둘은 인간을 넘어선 그 무엇이 될 거예요. 이 섬에서 부부처럼 느껴지는 두 부처가 서 있는 것은 우연이 아니에요.

아주 먼 미래, 부처의 두 석상도 무너진 곳에는 흘러간 사랑의 이야기만이 물 위를 흐르겠지요. 그토록 많은 생애와 긴 세월 그리고 서로가 주고받은 사랑의 이야기가 우리의 동경이 될 테지요.

방금 전에 과거가 살아 있는 현재에, 미래가 실현되어 있는 현재에 다녀온 것 같지 않아요? 적어도 우리에게 그 섬은 영원한 현재의 섬이에요. 그리고 우리는 거기에 '존재'했던 거예요."

내가 결코 잊어서는 안 되는 것을
잊고 있었다는 사실을 직감적으로 알 수 있었다.
심장을 얼음 칼로 찌르는 것 같은 아픔이 일면서
온몸에 전율이 일어났다.
아픔은 뜨거운 눈물로 변해 흘렀다.
나는 그들을 만나기 위해 이곳에 온 것이었다.

III

오늘, 당신의 곁으로
기적이 지나갑니다

··· 나는 별로 향하는 길을 걸을 거예요. 이 길은 끝도 없고 심지어 늘 움직이는 길일 것 같아요. 어쩌면 늘 시작에 머무르는 길일 것도 같아요. 하지만 갈 수 없는 길에 대한 두려움을 유연하게 내려놓는다면 이 길은 언제나 거기 있을 거예요. 사막을 걷는 사람에게 지평선이, 바다를 항해하는 사람에게 수평선이 언제 어디서나 다다를 수 있는 끝이듯 말이지요. ⋯⋯ 그렇게 걸어서 별에 닿을 거예요.

사랑 말고
어떤 말이 필요할까요

"나는 긍지 높은 빈과 천을 위해 싸우겠소이다.
단연코 한 걸음도 물러설 수 없소이다."
_아사다 지로, 《칼에 지다》

영숙이 고모

한창 초록이다. 하지만 모든 세상이 초록으로 변한 곳에서도 누런색을 띠는 것이 있다. 항상 푸르다는 대나무는 이 시절에 누렇게 변해간다. 새로운 생명을 키워내기 위해 대나무는 이 계절에 자신의 생명을 내어놓는 것이다. 옛 어른들은 이때를 죽추竹秋라고 했다. 이 시절이 대나무에게는 가을인 것이다. 하나의 대나무가 자신의 푸름을 지켜내기 위해 행하는 희생과 사랑이, 세상의 초록이 죽은 하얀 겨울에도 대나무를 푸르게 살아 있도록 한다.

영숙이 고모는 여름 속 가을 대나무 같은 사람이었다. 고모뻘 되는 먼 친척이었는데, 어린 시절 나는 아주머니가 대나무처럼 푸름을 지켜내고 있는 것을 알아채지 못했다. 도리어 어린 소견에 속도 없고 몰골이 누런 아주머니라고 생각해서 무시한 적도 있었다.

우리 가족은 어른이나 아이나 '영숙이 고모'라고 아주머니의 이름을 대놓고 불렀다. 우리 정씨네 일가는 생김새에 따라 '길쭉이파'와 '납짝이파'로 나뉘었는데, 길쭉이는 자기네가 정가네의 주도적 세력이라는 밑도 끝도 없는 생각을 가지고 있어서 납작이를 무시하는 경향이 있었다. 납작이들은 한 번씩은 꼭 허당 짓을 하는 데다 거기에 정가네의 고집이 더해져, 잘못된 것을 알면서도 끝까지 가곤 했다. 그래서 냉철한 길쭉이에게 결국에는 무시를 당했다.

영숙이 고모는 납짝이파에 속했다. 납작하게 생긴 아주머니는 연애에 있어서 허당 짓을 했고(그 또래의 집안 아주머니들이 중매로 결혼을 할 때 처음으로 연애를 했다는 이야기가 우리 집안에 전해지고 있다) 결혼까지 고집 세게 갔다.

영숙이 고모는 할머니가 살아 계실 때에는 우리 집에 자주 왔다. 하지만 명절날처럼 일가가 모이는 날에는 절대 오지 않았다. 평일에 아무 연락도 없이 왔다.

몇 년간은 올 때마다 아이들이 한 명씩 늘었다. 어린 나에게조차 고모의 아이가 해마다 늘어나고 있다는 것이 걱정스러웠다. 한편으로는 아주머니도 남편이 있구나 싶었다. 고모는 남편이 없는 사람 같았다. 나는 커서도 고모의 남편을 보지 못했고 집안 어른들 누구도 고모의 남편에 대해 말한 적이 없었다.

고모와 올망졸망한 아이들은 아버지 어머니가 출근한 후, 제법 이른 아침에 왔다가 부모님이 퇴근하기 바로 직전 저녁까지 하루 종일 있었다. 할머니가 집안일에 바쁘고 나와 동생들이 학교에 다녀오고 숙제를 하는 동안, 고모와 아이들은 하루 종일 먹고 놀고 잤다. 할머니는 영숙이 고모를 안쓰러워했다. 영숙이 고모도 할머니를 친정 엄마쯤으로 생각하기로 한 모양이었다.

내가 고모의 누런빛을 본 날도 다르지 않았다. 하지만 이상했던 것은 고모의 아이들은 그날이 학교에 가지 않는 날인지 나보다 두 살 많은 남자아이만 빼고 네 명의 여자아이들이 다 우리 집에 왔다는 것이었다. 큰딸에게 "너네 학교는 개교기념일이니?" 하고 물었지만 대답하지 않았다.

아침상을 대한 아이들을 보았을 때 나와 동생들은 너무 놀라서 잘 먹지를 못했다. 그 아이들이 본래 식성이 좋기도 했지만 그날은 마치 며칠을 굶은 사람들 같았다. 우리는 대충 먹고 학교에 갔다. 나는 친구네 집에 가서 숙제도 하고 놀다가 저녁이 다 되어 집에 돌아왔다.

고모와 아이들은 마침 할머니가 차려준 이른 저녁상을 받고 있었다. 고모네 집이 연신내라는 먼 곳이어서 서둘러 가야 한다고 했다. 하지만 늘 이른 시간에 밥을 먹고 우리 부모님이 오기 전에 돌아간다는 것을 나는 알고 있었다. 그때 대문이 열리더니 고모의 큰아들이 들어왔다.

"아니. 네가 웬일이니?"

고모가 놀라면서 조금은 과장된 큰 소리로 말했다. 오빠는 아무 말도 없이 마당 한가운데에 서 있었다.

"아주머니(고모는 우리 할머니를 그렇게 불렀다), 이게 웬일이래요. 제가 아침에 여기 온다고 말했더니 애가 왔네요. 어머! 웬일이래."

그런데 나도 알아챌 만큼 고모는 연기가 서툰 배우였다. 게다가 고모의 네 딸들은 고모를 도와주지 않았다. 오빠가 지금쯤 올 것이라고 이미 알고 있었던 것처럼 오빠를 한 번 쳐다보고는 이내 밥상으로 고개를 돌렸다. 누가 봐도 짰다는 것을 알 수 있었다.

그때 나는 고모가 진짜 싫어졌다. 할머니는 부리나케 오빠 몫의 밥상을 새로 차려주었다. 할머니는 오빠가 고모의 삶의 끈이라며 귀하게 대했다. 하지만 할머니도 고모가 연극을 한 것은 싫었는지 고모네가 간 뒤 어린 친구였던 나에게 불편한 심경을 털어놓았다.

"짠 거지?"

"응."

늙은 대나무처럼

고모는 왜 그날 연극을 한 것일까? 영민한 오빠까지 부추겨서. 아직까지도 잘 모르겠다. 고모는 자신이 중요하다고 여긴 모든 것을 놓아야 하는 시기에 잠시나마 매우 흔들렸던 것 같다. 그래서 그날 이상한 연극을 했던 것이고, 어린 나는 그 한 번으로 영숙이 고모라는 사람을 재단했던 것이다.

고모는 가난한 사람이었지만 우스꽝스러운 사람은 결코 아니었다. 고모는 아무리 싸구려 옷을 입어도 옷이 살아나게 하는 힘을 가진 흔치 않은 사람이었다. 지금 생각해보면 그 힘은 고모의 자존심이었다.

사실 그랬다. 커서 엄마를 통해 알게 되었는데 고모와 아이들은 한 번도 공짜 밥을 먹지 않았다. 엄마는 말해주지 않아도 집에 고모가 다녀간 것을 알았단다. 직장에서 돌아와보면 평소 사람 손이 닿지 않았던 집안 곳곳이 깨끗하게 청소가 되어 있었다는 것이다. 덜렁이 할머니는 고모가 우렁각시처럼 청소를 해놓는다는 것을 몰랐다.

그 후 고모는 우리 집에 오지 않았다. 아니 올 수도 없었다. 고모는 명동에서 양키 물건을 파는 장사를 하게 되었다고 했다. 나와 우리 집안사람들은 영숙이 고모를 창피하게 여겼다. 고모도 한때는 그림 속의 여인처럼 살고 싶었을 것이다. 고모는 똑똑했고 아름다웠다. 한때 고모의 집안도 고모가 그 꿈을 꿀 수 있는 여건을 주었지만 모든 것은 사라지고 말았다. 고모는 불법으로 미군 물건을 해 오고, 명동 한복판에서 생판 모르는 사람과 흥정을 하고, 단속이 뜨면 재빠르게 튀어야 했다.

고모는 아이들의 푸른 꿈을 지켜주기 위해 비루한 현실을 살기로 작정했다. 기꺼이 늙은 대나무의 누런빛으로 들어갔다. 그리고 거기서 한 발짝도 물러서지 않았다. 고모는 빈과 천의 높은 긍지를 위해 싸웠다. 그 전쟁터에서 사랑을 잃을까 두려워하지 않았다. 체면을 잃을까 걱정하지 않았다. 생존을 잃을까 무서워하지 않았다. 고모는 착하고 가난한 아이들이 꿈을 포기할 것이 무서웠다. 고모의 꿈과 사랑은 누런 죽창이 되어 아이들의 미래를 지켜야 했다. 결코 그 싸움에서 져서는 안 되었다. 고모는 지지 않았다.

영숙이 고모는 젊은 대나무들의 하늘 위에 뜨는, 늙은 대나무의 황금 잎사귀와도 같은 별이었다. 늙은 대나무처럼 사는 별은 한 생명을 위해 자신의 생명을 희생한 삶만이 별이 될 수 있다고 가만가만 알려주었다. 별 하나를 보기 위해 하늘을 올려다보는 나를 향해 세상 모든 별들이 빛나는 것은 늙은 대나무의 빈 마음이 옳다는 표시이다.

하나의 별이 모든 별을 위해 생명을 주고 모든 별이 하나의 별을 위해 생명을 주는 하늘이 가을 대나무와도 같은 영숙이 고모가 닿은 곳이다.

힘이 세지는
약

"괜찮아."

_미즈타니 오사무, 《얘들아, 너희가 나쁜 게 아니야》

"폐병쟁이!"

창호 형은 5학년인데도 정말 무식하다. 늑막염을 앓고 있다고 말해주었는데도 나를 폐병쟁이라고 부른다. 창호 형만큼 무식한 창호 형의 똘마니들은 나를 폐병쟁이로 알고 슬슬 피한다. 나는 늑막염 때문에도 동네 아이들과 신나게 뛰어놀 수 없었지만 창호 형의 입 때문에도 아이들과 섞일 수 없었다. 창호 형이 그럴 때마다 달려들었지만 3학년인 나에게 창호 형은 너무 컸다. 병을 앓고 있는 나에게 창호 형은 너무 건강했다.

나는 외톨이가 되었다. 나는 창호 형 패거리의 '북'이 되어가고 있었다.

나의 유일한 놀이는 평상에 앉아서 동네 할아버지들의 장기판을 구경하는 것이었다. 누구도 나에게 장기를 가르쳐준 적이 없었지만 어깨너머로 배워 장기 말의 길이 훤히 보였다. 어느 날은 나도 모르게 훈수를 두었다가 장기 두는 할아버지들 사이에서 스타가 되었다.

그런데 오늘 평상에 앉아 있는 나한테 "폐병쟁이!"라며 욕을 한 것이다. 이 평상에서 밀리면 나는 갈 곳이 없었다.

"무식한 새끼야, 늑막염이라고!"

앞뒤를 가리지 않고 달려들었다. 창호 형과 붙자마자 나는 일방적으로 맞았다. 일찌감치 싸움의 승패가 나자 할아버지들은 레슬링의 심판처럼 우리를 정리해주셨다. 창호 형을 점잖게 타일러 보내고는 나더러 집에 가서 씻으라고 했다.

야속했다. 엉엉 울면서 집까지 갔다.

힘이 세지는 약

"똘아!"

아들을 부르는 소리가 굉음처럼 집 안을 울렸다. 조금이라도 미적거린다면 불호령이 떨어질 것이었다. 아버지는 참으로 오랜만에 집에 오셨다.

나는 아버지에게 정이 없었다. 몇 달 만에 와서 겨우 며칠 있다 가면서도 밥 먹을 때 쩝쩝거리지 말라는 둥, 밥 한 번에 반찬 한 번 먹으라는 둥 하염없이 눈치만 보게 하는 낯선 사람이었다.

나는 아버지가 무서웠다. 검은 얼굴만큼 검은 베레모에 얼룩덜룩한 군복을 입고 집에 들어오는, 거인 같은 아버지를 보면 내가 아버지의 아들이라는 것이 믿어지지 않았다.

나는 아버지 앞에 섰다. 아버지께서 아주 자그만 상자를 주시면서 열어보라셨다. 천자문에서 본 것 같은 한자들이 가득 쓰인 상자를 여니 매우 작은 나무통이 나왔다. 나무통을 열었다. 종이에 쌓인 유리구슬 같아 보이는 것이 들어 있었다. 종이도 벗기라고 하셔서 벗겨보니 한약 냄새가 훅 풍겼다. 황금빛의 말랑말랑한 구슬 약이었다.

"힘이 세지는 약이다. 아버지와 내 부하들이 훈련을 받을 때 힘이 세지는 약을 먹는다. 하지만 네 손에 있는 약은 괴뢰군을 무찌를 때 먹는 약이다. 이 약을 먹으면 상대가 누구든지 간에 무찌를 수 있고, 피가 나더라도 아프지 않고, 총알이 몸을 뚫는 고통도 참아낼 수 있단다. 이 약은 국가의 비밀이다."

결투

다음 날 오후까지 기다렸다. 약을 손에 쥔 순간부터, 달려가서 '윤창호'를 박살내고 싶었지만 꾹 참았다. 내 외로움과 고통의 원인인 윤창호를 그렇게 쉽게 물리쳐서는 안 되었다. 윤창호의 똘마니들 앞에서 내가 누구인지를 보여주어야 했다. 그래서 내가 폐병쟁이가 아니라는 것을 깨닫게 해야 했다.

오후 4시쯤, 그들이 항상 몰려드는 골목으로 향했다. 멀리서 말뚝박기를 하고 있는 것이 보였다. 소중히 간직했던 '힘이 세지는 약'을 아지작아지작 씹어 먹었다. 먹자마자 하루 정도 힘이 세진다고 했으니 지금 붙으면 되었다.

"야! 윤창호! 일대일로 붙자."

나는 나보다 목 하나는 더 큰 형을 향해 미친 듯이 뛰었다. 서로 때리고 발길질을 하고 피가 났지만 슬슬 내가 이겨가고 있었다. 힘이 세지는 약은 아버지의 말 그대로였다. 나는 피가 나도 아프지 않았고 창호 형의 철권도 참아낼 수 있었다. 싸우면 싸울수록 내가 강해지는 것 같았다. 넘어지면 넘어질수록 기운이 나는 것 같았다. 정말로 하루 종일 싸울 수 있을 것 같았다.

창호 형이 기진맥진해졌을 때, 텔레비전에서 본 박치기 왕 김일이 했던 것처럼 팔을 꺾어 바닥에 짓눌렀다. 창호 형이 외마디 비명을 질렀다. 팔이 부러진 것이었다.

아버지가 진짜 주고 싶었던 것은

아버지는 오래간만에 양복을 입으셨다. 양복을 입으신 아버지는 너무 어색해서 촌스러울 지경이었다. 아버지는 내 손에 케이크를 들려 창호 형네를 향해 앞세우셨다. 아버지는 창호 형과 형의 부모님께 이제까지 한 번도 들어보지 못한 따뜻하고 부드러운 어투로 사과를 하셨다. 우락부락한 남자의 입에서 그렇게 미안해하는, 걱정스러운 말이 나온다는 것 자체가 감동적이었다. 공손히 내려놓은 새하얀 봉투에 아버지의 못 박인 검은 손이 도드라져 보였다.

그런 후, 아버지는 나를 쳐다보셨다. 은은한 눈빛은 '네 차례야'라고 말하는 것 같았다. 나는 용서를 구할 때 늘 하듯이 무릎을 꿇고 앉아 머리를 조아렸다. 아버지에게 배웠던 대로, 변명이 아니라 일이 일어난 그대로를 말씀드렸다. 그리고 진심으로 사과했다. 형의 부모님은 내 심정을 안다는 듯이 고개를 끄덕여주셨다. 그러고는 형을 야단치시더니 나에게 사과를 하게 했다. 창호 형은 마지못해 나와 화해의 악수를 했다. 그날 아버지와 형의 아버지는 밤늦도록 술잔을 기울이셨다.

집으로 돌아오는 길, 아버지는 내 손을 잡고 걸으셨다.

"손에도 살이 없구나. 똘아, 네가 받은 약은 힘이 세지는 약이 아니다. 우황청심환이라는 약이다. 네가 너무 어려서 어쩌면 아버지 말을 못 알아들을 수도 있겠지만 남자 대 남자로 말해야겠다.

창호를 이겨서 기쁘냐? 어제까지 너는 매 맞는 놈이었다. 오늘 너는 동네에서 한가락 하는 놈을 쓰러뜨린 놈이 되었다. 둘 다 '놈'일 뿐이다. 힘이라는 알량한 것을 위해 폭력을 쓰는 놈들은 남자가 아니다. 나는 내 아들이 남자였으면 한다. 나는 네가 너를 이겨서 기뻤으면 한다. 이 세상 어느 누구도 쉽게 가질 수 없는 '자신을 믿는 힘'을 깨달았으면 한다. 오늘은 너에게도 나에게도 참 고단했지만 피하고 싶지 않은 하루였다."

아버지가 말을 마치고 내 손을 꼭 쥐어주자 나는 다리의 힘이 빠지면서 땅바닥에 꿇어앉아버렸다. 내 손을 쥔 아버지 손에 얼굴을 대고 울었다. 내장이 빠져나올 듯이 꺽꺽 울었다. 그치지 않을 것처럼 울었다. 아버지의 따뜻한 손이 내 머리를 쓸어주었다.

"괜찮아, 힘내!"

그날 밤, 나는 진짜 힘이 세지는 약을 아버지에게서 받았다.

---

* '세상에서 가장 존경하는 사람'을 주제로 한 발표에서 한 학생이 들려준 이야기를 전해 듣고 각색한 것입니다.

어머니와
딸

"그러나 아이를 찾으려면 어떻게든 그 호수를 건너야 합니다.
어머니는 호수의 물을 다 마셔버리려고 작정하고 엎드렸어요."
_한스 크리스티안 안데르센, 《어머니 이야기》

내 차 앞에 한 대형 세단이 평행 주차되어 있었다. 주차 공간이 널찍한 낮인데도 꼭 평행 주차를 해놓는 얌체들이 있었다. 그런 차들은 값비싼 차인 경우가 많았다. 이 차는 심지어 1억 정도를 호가하는 외제차였다.

'조금이라도 더 걸으면 다리가 부러지나보다.'

확 짜증이 올라왔다.

현관 앞 주차장은 약간 경사진 길이었다. 보통은 뒷바퀴에 받쳐놓은 버팀목을 빼고 차를 밀어야 하기 때문에 여자 힘으로는 어림도 없었다. 조금 전 현관을 지나올 때 보니 경비 아저씨는 받아놓은 택배 물품을 정리하는 중이었다. 차를 밀어야 할 때마다 아저씨는 흔쾌히 도와주지만 누군가에게 무언가를 부탁한다는 것은 늘 미안한 일이었다.

그런데 이 차의 주인은 버팀목을 받쳐놓지 않았다. 사건은 여기서부터 시작했다. 버팀목도 해놓지 않은 것을 보니 내 힘으로도 충분히 움직일 수 있을 것 같았다. 내 차 안에 짐을 던져놓고서는 온 힘으로 그 차를 밀었다. 생각보다 무거웠다. 기합을 넣으며 다시 힘을 주었더니 차가 꿀렁꿀렁 밀리는 듯하다가 드디어 탄력을 받아 스스로 움직이기 시작했다. 그런데 차가 예상했던 것보다 엄청나게 빠른 속도로, 심지어 사선으로 후진하는 것이었다. 맙소사! 몇 초 후 일어날 상황이 빤히 보였다. 이 고가의 외제차는 일렬 주차되어 있는 대형차의 앞 범퍼를 박을 것이었다.

생각할 겨를도 없는 순간이었지만 나는 이미 많은 생각을 했고, 여러 선택들 중 하나를 고른 뒤 벌써 실행하고 있었다. 내가 저 차보다 더 빨리 뛰어가서 양손으로 차 뒤를 받쳐 정지시킨다는 것은 홍해가 갈라지는 것만큼이나 기적적인 일이었다. 그렇다고 발만 동동 구르면서 두 차가 부딪치는 것을 수수방관할 수만도 없었다. 보험 처리도 안 될 것 같았다. 차는 나보다 훨씬 더 보호받아야 했다. 나는 나를 두 차 사이의 완충제로 사용하기로 결정했다. 처음에는 내 몸 전체로 막으려 했지만 내가 뛰어간 속도가 엄청 늦어서 두 차가 부딪치기 직전 오른쪽 다리만 가까스로 끼워 넣을 수 있었다.

"악! 악! 악!"

살려달라고 말할 수 있는 것은 사치다. 덜 아픈 것이다. 차끼리 부딪치는 것은 막았지만 범퍼를 찌그러뜨리고도 남을 힘을 내 오른쪽 허벅지가 혼자서 받아냈다. 차는 계속 나를 밀었다. 오로지 찢어지고 불붙는 듯한 아픔만 커져갈 뿐이었다.

맨 처음에는 목구멍 깊은 곳에서 짐승 같은 비명만 나왔다. 눈물 콧물도 모자라 심지어 침까지 흘렀다. 35도도 넘는 날 제일 뜨거운 시간에 누가 거리에 나와 있을까? 주위에는 아무도 없었다. 울부짖음은 어느 누구에게도 닿지 못하고 아파트 건물에 부딪쳐 사라질 뿐이었다.

마침내는 부르짖을 수도 없었다. 고통은 나에게서 말을 빼앗고 생각도 없애고 오로지 아픔만 남겨두었다. 아픔의 한가운데에는 깊은 물속과도 같은 육중한 고요만이 있었다.

저 멀리서 이웃 주민들이 뛰어오는 모습이 마치 물속을 걷듯 간신히 움직이는 것처럼 보였다. 드디어 그들은 차를 내 몸에서 떼어냈다. 그 순간 아픔 속에 잠겨 있던 내가 물속에서 솟아오르듯이 떠올랐다. 몸의 느낌이 돌아왔다.

나는 다리가 빠져버린 인형처럼 쓰러져 아스팔트 위에 놓여 있었다. 그런데 아픔보다도 뼈가 시린 듯한 외로움이 더 크게 느껴졌다. 서럽도록 외로웠다. 어린아이처럼 엉엉 울며 엄마를 불러달라고 했다.

"엄마, 엄마!"

딸은 나이가 들어도 여전히 철이 없다. 모임에서 만난 분에 대해 이야기하면서 부러워하는 눈치였다. 그분의 딸이 외국에서 유학을 하는 동안 자신의 밥상에 항상 딸의 수저를 같이 놓았다는 이야기를 하면서 자기가 그런 미담의 주인공이 아닌 것을 내심 질투하는 것 같았다.

딸은 아직도 드러나지 않은 것을 볼 줄 모른다. 평상을 조금이라도 벗어나면 유난 떤다고 싫어했던 남편 때문에 아이들에 대한 사랑도 내 마음껏 표현할 수 없었다. 딸이 독일에 있을 때, 나는 남편의 밥을 푸고 난 후에 내 밥이 아니라 딸의 밥을 펐다. 그리고 그 아이의 밥을 내가 먹었다. 그렇게 나는 매일 한 공기의 밥이 그 아이의 허기진 몸과 마음을 채우기를 기도했다.

지금도 그런 게 있다. 딸이 집에 들렀다 갈 때에는 딸의 차가 나갈 때까지 꼭 베란다에서 배웅을 한다. 그 이야기를 하면 남편을 닮은 딸은 유난 떤다며 하지 말라고 할 게 뻔하다. 용의주도한 딸은 차를 타기 전에 꼭 집 쪽을 확인하고는 베란다에 내 그림자라도 보일라치면 전화를 걸어 야단을 칠 것이다. 그래서 아이에게는 비밀이다.

나도 예전에는 내 어머니의 어린 딸이었고 지금은 내 딸의 늙은 엄마다. 그래서 내가 내 딸보다 하나 나은 것이 있는데 "살아서는 어머니가 그냥 어머니더니, 그 이상은 아니더니／돌아가시고 나니 그녀가 내 인생의 전부(노희경,《지금 사랑하지 않는 자 모두 유죄》중에서)"라는 것을 안다는 것이다. 나는 그 애가 부탁하지 않아도 그 애가 헤매는 곳에서 오롯이 서 있을 테고, 그 애가 찾지 않아도 그 애가 흔들릴 때에 묵묵히 기다릴 것이다. 그렇게 내 어머니가 나에게 보이지 않는 것을 볼 수 있게 했듯이 내 딸도 언젠가는 드러나지 않는 것을 볼 수 있을 것이다.

　하지만 오늘은 딸을 배웅할 수가 없었다. 딸이 나가자마자 막내가 일찍 들어온다고 전화를 했다. 막내는 자기가 집에 있을 때 내가 부산스럽게 집안일 하는 것을 싫어했다. 오이지를 담가야 하는데 시간이 없어 베란다에서 딸아이 배웅을 못한 것이다. 다용도실에 앉아 일 좀 하려는데 초인종이 울렸다. 인터폰을 드니 경비 아저씨였다.

　"아저씨, 어쩐 일이세요?"

　"밑에 같이 좀 내려가세요. 놀라지는 마시고요. 따님이 다쳐서……."

　웬만해서 나를 찾을 아이가 아닌데 큰일이 난 것 같았다. 아무 힘도 없는 늙은 어미를 찾을 정도면 얼마나 많이 다친 것인지, 무릎이 후들거렸다.

어머니의 해석 – 저녁 5시 병원에서

"그래도 다행이지. 무릎 관절을 다치지 않은 게 어디니. 근육이 찢어진 것으로 끝났으니, 관세음보살님이 도우셨지."

엄마 집 현관에는 관세음보살의 탱화가 걸려 있다. 집안에 좋은 일이 있으면 당연히 관세음의 은공이요, 집안에 걱정거리가 있으면 관세음이 보살펴주시는 것이다. 어쨌든 모든 걱정거리는 다 지나가기 마련인데도 엄마에게는 항상 보살님의 가피로 수월하게 넘긴 것이 된다.

"관세음보살님이 내 무릎에 손을 대시어 차가 범하지 못하게 하셨다! 믿습니다!"

"아니, 그게 아니라, 인경아. 사실은 항상 베란다에서 너를 배웅했는데……."

"유난이네. 내가 어디 멀리 가?"

"네가 그럴 줄 알았어. 어쨌든 막내 오기 전에 오이지를 담가야 해서 너 가는 걸 안 본 거야. 그런데 네가 차에 끼어서 비명 지르는 걸 내가 봤다고 해봐. 신발이나 제대로 신었겠니? 엘리베이터를 무슨 수로 기다려. 계단을 뛰어 내려가다가 심장마비로 죽었거나 발을 헛디뎌 층계에서 굴렀을 거야. 그런데 관세음보살님께서 나를 살리시려고 오이지를 담그게 하신 거지. 그러니 관세음보살님이 얼마나 고마우시니!"

딸의 해석 – 저녁 5시 병원에서

"아니네! 꿈도 안 꿨는데 사고 난 게 이상하다 싶었어. 엄마가 날 안 봐줘서 사고가 난 거네. 다음부터는 내 차가 아파트 진입로를 다 빠져나갈 때까지 봐! 오늘 사고의 근본적인 원인은 엄마구먼."

"그건 아니지."

우리 집안사람들 모두는 내 해석에 손을 들어주었다. 이제 우리는 높은 곳에서 배웅하는 어머니의 눈을 알지만 모르는 척 차를 몰고 사라진다. 어느 자식이 항상 우리를 기다리는 어머니의 눈을 감히 쳐다볼 수 있을까?

그런 사람이
있었습니다

"오늘 리리카에게서 편지가 왔다.
 이 편지가 오기를 얼마나 기다렸는지! 인간이란 기다리는 동물이다.
 인간처럼 기다릴 줄 아는 동물은 없다.
 인간은 분명 기다리기 위해 태어난 존재인 게다."
_츠지 히토나리, 《사랑을 주세요》

화용 오빠에게

아주 오랜만에 오빠가 재직하고 있는 학교의 캠퍼스를 마음 가는 대로 걸었어요.

지난겨울 오죽이나 추웠던가요. 아마 날씨 탓이었던 것 같아요. 어느 날부터 얼굴이 떨리기 시작했지요. 처음에는 대수롭지 않게 여겼어요. 어렸을 때에도 피곤하면 눈 밑이 떨리다가 좀 자고 나면 나아지곤 했으니까요. 그런데 쉬면서 며칠을 보내도 얼굴이 떨리는 게 멈추지 않아 한의원에 다니며 침 맞고 약 먹고 하면서 겨울 동안은 오빠 학교를 걷는 것을 그만두었지요.

부모님이 다 돌아가신 후 부모님이 지켜주시지 않는 고향은 저에게 추억 속의 그리움이 되었어요. 저와 제 동생들은 서울로 터전을 다 옮겨 와서 고향 소식은 알 수 없었지요. 오빠 소식이 궁금했지만 한편으로는 오빠가 실제로 어떻게 살고 있는지 알고 싶지 않았어요. 마음의 고향을 펼칠 때 오빠는 내 그리움의 한가운데에 있으니까요. 오빠는 시간이 범할 수 없는 그 무엇이 되어 제 가슴속에 살고 있기 때문이지요.

오빠는 전혀 짐작도 못하겠지만 저는 오빠로 인해 사랑하는 것을 배우기 시작했어요. 그래요, 오빠는 제 첫사랑이에요. 하지만 언제나 저 홀로 배우는 사랑이었지요. 짝사랑이었어요.

그런데 2년 전, 신문에서 오빠가 쓴 글을 읽었어요. 아니, 오빠의 사진을 보았어요. 오빠를 마지막으로 본 것은 제가 중학교를 졸업할 때니까, 오빠가 고등학교 1학년 때였지요. 사진 속 얼굴은 40년을 바라보는 시간 속에 고1 때의 오빠 얼굴을 새초롬히 감추고 있어서, 처음에는 제가 아는 그 이름만이 눈에 들어왔어요. 제 심장이 울리는 소리가 귀까지 들렸어요. 사진을 유심히 보았지요. 많이 달라졌지만 곧 알아볼 수 있었어요. 신문 위로 눈물방울이 뚝뚝 떨어졌어요. 늙은 여자 안에 감춰져 있던, 봄날 찔레꽃 사이에서 부끄러워하던 소녀가 동그마니 떨어진 것이었어요.

그때부터 오빠가 학생들을 가르친다는 학교를 걷기 시작했어요. 오늘도 늘 그랬던 것처럼 학교 건물들 뒤, 산으로 통하는 기슭까지 올라갔어요. 그곳 벤치에 한참을 앉아 해바라기를 했지요. 벤치 주위에는 어린 시절 동네 야산 양지바른 곳에 지천으로 널려 있던 찔레꽃이 천덕꾸러기처럼 자라고 있었어요. 소박하다 못해 촌스럽게 생긴 꽃이 자기를 지키려고 가시를 박고 있는 것을 보면 '너도 나 같구나' 싶어 정이 가요. 찔레꽃에 여린 새순이 피어오르려 하고 있어요. 조만간 봄비가 내리고 나면 어린 순이 단단한 가지를 비집고 나올 것 같아요.

제가 중학교 2학년 때 찔레꽃이 한창일 무렵, 쌉쌀하면서 달콤한 찔레꽃 맛 같은 연정이 시작되었어요. 오빠도 아시잖아요. 그 시절 고향의 푸르른 보리밭에는 찬란한 햇빛이 반짝이며 쏟아졌지만, 가난한 마을 작은 집의 딸인 저는 배가 고팠어요. 아니, 아무리 이밥을 많이 먹었다 해도 저는 배가 고팠을 거예요.

국민학교를 다닐 때부터 엄마는 "계집애가 공부해 뭐하니, 땅이나 같이 부치자"했지요. 중학교는 제가 학교 안 보내주면 죽겠다고 아버지를 협박해서 겨우 들어갔는데, 학교에서 돌아오자마자 제 밑에 줄줄이 달린 동생들을 돌봐야 했지요.

소녀들은 꿈을 먹고 자라는데 저는 꿈이 없었어요. 5월의 푸른 날 하얀 소복처럼 처연한 찔레꽃은 제 꿈들이었어요. 열다섯 살 5월에 배고파서 꽃을 먹는다는 것은 비참했어요.

오빠가 카메라를 들고 소녀 부대를 거동한 채 그곳으로 온 날도 언제나처럼 배고픈 날이었고, 늘 그렇듯이 제 등에는 막냇동생이 업혀 있었지요. 좀 떨어진 곳에서 찔레꽃을 배경 삼아 오빠는 마치 감독처럼 소녀들에게 포즈를 취하라고 지시하고 마음에 안 들 때는 몸소 자세를 보여주면서 사진을 찍고 있었어요. 그럴 때마다 제 또래의 여자아이들은 작은 새와 같은 웃음소리로 노래했지요. 오빠는 이미 우리 고향에서 유명한 사람이었어요. 부잣집 도련님, 전교 1등의 수재, 준수한 미남, 이런 조건을 가진 소년이 착하지 않다면 더 이상한 거겠죠. 제 짐작에 오빠는 우리 동네 여자아이들의 첫사랑이지 않았나 싶어요.

창피해서 그 자리를 피하고 싶었지만 마음과는 달리 저는 넋을 놓고 사진 찍는 모습을 보고 있었어요. 조금 전까지 찔레꽃은 외롭고 고통스러운 것이었는데, 오빠와 소녀들 덕분에 젊고 아름다워 보여 그 자리를 떠날 수 없었어요. 가질 수는 없어도 바라볼 수는 있었으니까요.

그 순간 오빠가 저에게로 카메라를 옮기더니 "너도 찍을래?" 했죠. 저는 눈물이 나올 만큼 고마웠어요. 저도 청춘과 아름다움에게로 초대받은 것 같았거든요. 고개를 끄덕였어요. 오빠는 한 아이에게 제 동생을 잠시 돌보라고 시키고는 저에게 찔레나무 가운데로 들어가 서서 가지를 잡으라고, 이를 보이지 말고 웃으라고, 고개를 약간 옆으로 돌리라고 했죠. 저는 다 따라했어요. 달포가 지나 반 친구가 전해준 봉투에는 그날 찍은 사진이 들어 있었고 사진 뒤에는 "세상 속에서 / 까닭 없이

울고 있는 사람은/나를 위해 울고 있는 것 – 릴케" 하고 시구
가 적혀 있었어요.

　오빠, 기억나세요? 오빠는 제가 누구인지 알고 있었던 거예
요. 게다가 내 주위의 어느 누구도 해주지 않았던, 하지만 제가
바랐던 동감과 위로를 장미꽃 가시에 찔려 죽은 시인의 말로
전해주었던 거지요. 예전에는 어렴풋하게 오빠가 가진 것들을
동경했다면 사진과 동감의 말은 제가 분명하게 오빠를 사랑하
기 시작했다는 것을 깨우쳐주었지요.

　중학교 졸업 후 저는 예정대로 서울로 왔어요. 구로공단에
서 여공으로 일하게 되었지요. 이종사촌 언니와 쪽방을 같이
쓰게 되었을 때, 우리의 책상이자 화장대인 상 위에 그 사진을
코팅해서 세워놓았어요. 액자에 넣으면 시구를 읽을 수 없었
으니까요.

　낮에는 일하고 밤에는 산업체 특별 학급에서 공부를 했어
요. 공장에서는 일하느라고 아무 생각도 할 수 없었어요. 딴생
각을 하다가는 미싱에 손을 다치기 일쑤여서 오로지 천과 바
늘과 속도만을 생각해야 했어요. 학교에서는 잠과 싸우면서
공부를 하느라고 딴생각을 할 수가 없었죠. 잠시 다른 생각이
들면 아무것도 모르게 되기 십상이어서 단지 선생님과 칠판과

책만 바라봐야 했어요.

하지만 나머지 모든 시간에는 오빠 생각을 했어요. 다닥다닥 붙어 있는 골목에서 하얀 별들이 지상에 내려온 것 같은 찔레꽃밭을 생각했어요. 거부와 멸시의 말을 내뱉는 사람들 사이에서 저를 향해 말하던 오빠의 부드러운 목소리를 생각했어요.

늦은 밤 건널목에서 초록 신호를 기다리다 왜 나오는지도 모르는 눈물이 흐를 때 내가 세상의 누군가를 위해 우는 것이라고 생각했어요. 어느 날 사는 것이 무서워서 서울역 플랫폼에서 무릎에 고개를 박고 울음을 삼킬 때 세상 어디에서 누군가가 지금 나를 위해 울고 있다고 생각할 수 있었어요. 그날 그래서 저는 세상에서 도망치지 않을 수 있었어요. 그렇게 저는 오빠를 사랑했어요.

어린 여공이었던 시간이 지나고 제가 집안의 기둥 노릇을 하던 시기를 빠져나와 지난 시절을 추억했을 때, 오빠가 저한테 준 것보다 제가 오빠를 덜 사랑했다는 것을 깨달았지요. 오빠는 아마도 저에게 아무것도 준 것이 없다고 할 테지만 그렇게 그 모든 것을 저에게 주었어요.

이제 건강도 회복되고 따뜻한 봄이 왔으니 저는 다시 오빠가 다니는 학교를 산책할 거예요. 하지만 오빠를 찾아가지는 않을 겁니다. 우연이라도 우리는 만나지 않았으면 좋겠어요. 왜냐고요? 5월의 찔레꽃밭에서의 만남은 제 일생의 중심이 되어줄 만큼 완전했으니까요. 짧은 인생에서 많은 만남과 이별은 미로와도 같은 삶을 만들 뿐이라는 것을 지금 이 나이가 되어서야 어렴풋이 알게 되었거든요.

그럼 안녕히 계세요. 찔레꽃 첫사랑.

순수한 사랑 한 조각

맨 처음 언니의 손을 잡았을 때 너무 놀랐다. 고운 얼굴과는 달리 손이 크고 매우 굵었다. 젊은 시절을 공순이로 보내야 했던 철 같은 여인의 손이었다. 언니의 첫사랑은 한 번도 시든 적이 없었다.

나도 언니처럼 진짜로 좋아하는 사람은 보지도 말고 듣지도 말까? 그래야 나에게도 순수한 사랑 한 조각이 남을 수 있을 테니까. 그래야 내가 늙고 병들어도, 늙지도 죽지도 않는 사랑이 남아 있을 테니까.

우연이라도 우리는 만나지 않았으면 좋겠어요.

왜냐고요?

5월의 찔레꽃밭에서의 만남은

제 일생의 중심이 되어줄 만큼 완전했으니까요.

짧은 인생에서 많은 만남과 이별은

미로와도 같은 삶을 만들 뿐이라는 것을

지금 이 나이가 되어서야 어렴풋이 알게 되었거든요.

엄마는
밤하늘의 너의 별이야

"이 세상의 부모들은 아이들의 생명을 지키는
방패가 되고 성이 되어야 한다."
_이오덕, 《어머니들에게 드리는 글》

1999년 정월

그리운 딸아.

네가 열두 살이 되던 새해에 지영이 이모가 엄마의 꽃신을 빌려 갔단다. 다음 날 은사님 댁에 신년인사를 드리러 가는데 한복에 구두를 신는 것은 싫다면서 다 늦은 저녁에 불쑥 찾아왔지. "언니, 혹시 고무신 같은 거 있어?" 하면서 말이야.

사실 이모는 엄마가 비단 꽃신을 가지고 있다는 것을 알고 있었어. 엄마가 수줍은 새색시가 되던 날 그 꽃신을 신고 네 아빠와 함께 신행길을 걸었거든. 이모는 엄마의 결혼도, 엄마의 드레스도 부러워하지 않았지만 비단 꽃신만은 부러워했어.

딸아, 이제 너도 알겠지만, 그 꽃신은 다정한 정이 흐르는 물건이었기 때문에 엄마 마음에도, 이모 마음에도 들었던 거야. 그날 이모는 작정을 하고 꽃신을 빌리러 온 거였지. 엄마는 이모가 얄미웠어. 지척에 살면서 이것저것을 빌려 가는데 돌아오는 일은 거의 없었고, 간혹 돌려주기도 하는데 다시 돌아온 물건을 보면 받지 못했을 때보다 속이 더 상하곤 했단다.

"참, 언니, 꽃신 있지! 지금 생각이 났네!"

네 이모 입에서 꽃신이라는 말이 나왔으니 안 빌려줄 도리가 없었지. 너도 조금은 알잖니, 이모 성격을. 더구나 엄마는 동생에게 져주는 언니였단다. 이모에게 비단 꽃신을 내주면서 "곱게 신어야 해. 모레 꼭 돌려 줘야 해. 안 주면 안 돼!"라고 신신당부를 했지. 그래도 안심이 되지 않아 "네 조카가 결혼할 때 신는다고 했다!"라고까지 이야기했단다. "그래, 딸이 10년도 더 지나 색 바랜 신 신고 걸으면 퍽이나 좋겠수" 하더니 제풀에 까르르 웃으면서 현관을 나서던 네 이모의 뒤꼭지가 얼마나 밉던지.

그때는 아무도 몰랐지. 이모가 엄마를 대신해서, 결혼하는 너에게 아껴두었던 선물을 주게 되리라는 것을.

2011년 7월

열두 살에 엄마를 잃은 네가 결혼을 한다니 이역만리 브라질이면 어떠냐 싶었다. 좀 힘들기는 하지만 우리 네 식구가 다 참석하기로 했단다. 남편과 아이들은 설레는 눈치지만 내색하지 않으려고 애썼다. 이모는 네 결혼식에 갈 준비를 하는 내내 시도 때도 없이 이곳저곳에서 울고 말았지.

브라질로 떠나기 전날, 새벽이 다 되도록 혼자 짐을 싸면서 울었다. 짐 하나를 챙겨놓고, "언니가 죽은 지 몇 년이나 됐다고 새장가를 가! 엉엉." 아닌 것을 뻔히 알면서도 형부가 야속했지. 짐 둘을 챙겨 놓고, "그 어린 것이 가족 떠나 무슨 이민이야! 브라질이 뭐야! 엉엉." 항상 어린아이로 꿈에 나타나는 네가 사무쳤다. 짐 셋을 챙기고 또 울었다. "언니, 언니이!" 암 선고를 받고 몇 달 만에 죽은 네 엄마가 그리웠어.

울다 지쳐 더 이상 울음도 나오지 않을 때쯤 짐은 다 챙겨졌고, 드디어 맨 위에 결혼식 날 입을 한복 상자를 넣었지. 그러다가 미처 고무신을 준비하지 못했다는 것을 알았다. 한복에 구두를 신을 수는 없었지. 그때 옷장 깊숙이 넣어놓은 네 엄마의 비단 꽃신이 떠올랐단다. 순간 네 결혼식에서 언니의 유품을 신는 것이 운명처럼 느껴졌어.

'그래. 언니 대신 나더러 엄마 역할을 하라는 거야.'

비단 꽃신을 챙겨 한복 상자 위에 얹었다.

하지만 결혼식 날 너의 한복 드레스를 본 순간 그리고 한복 드레스 밑으로 언뜻언뜻 보이는 구두코를 본 순간, 언니의 꽃신을 신어야 하는 사람이 누구인가를 알게 되었단다. 왜 내가 꽃신을 돌려주려고 했는데도 돌려줄 수 없었는지 알게 되었지. 이모는 너의 결혼식에서 심부름을 맡은 사람인 것을 깨달았단다. 죽은 어머니를 그리워하는 신부 앞에 그 어머니가 신부였을 때 신었던 꽃신을 두 손에 받쳐주는 것이 그날 이모인 내가 해야 하는 일이었던 거야.

"괜찮아요. 이모 신이잖아요."

"사실 네 엄마 거야. 이모가 빌려 신었는데……."

나는 끝까지 말을 할 수가 없었어. 잘 참고 있는 네 앞에서 절대로 울어서는 안 되었거든.

꽃신은 네 발에 딱 맞았고, 너는 그 꽃신을 신고 사랑을 약속하는 곳으로 걸어 들어갔구나.

2011년 7월

"엄마, 엄마, 엄마……."

얼마나 많이 엄마를 길어 올려야 엄마가 내 가슴 한가운데에 만들어놓은 슬픔의 우물이 마를까요?

엄마 때문에 세상에 죽음보다 더 무서운 것이 있다는 것을 알았어요. 죽음보다 더 외로운 것이 있다는 것을 알았어요. 홀로 남아 있다는 것을요.

엄마가 사라진 날부터 의자를 내 옆에 가져와 앉아서는 "무슨 일이야?"라고 물어주는 그 한 사람이 없어진 거예요. 엄마가 없는 밤부터 "무슨 꿈을 꿔?"라며 내 마음속을 가득 채우는 꿈 이야기를 들어주는 그 한 사람이 사라진 거예요. 너무 외롭고 무서워서 죽고 싶었어요. 아니 엄마를 단 한 번만이라도 다시 만나고 싶었어요. 그래서 나는 줄곧 밤마다 엄마가 예전에 나에게 가르쳐주려 했고 나누어주려 했고 간직해주려 했던 것들을 기억해냈어요. 나는 그렇게 죽은 엄마를 내 마음속에 살려놓았어요. 그렇게 엄마의 어린 딸은 엄마가 꿈꿨던 여인으로 자랐어요.

엄마 때문에 내 행복은 슬픈 빛깔이에요. 결혼식 날도 그랬어요. 울음을 참느라고 목이 너무 아팠어요. 한 남자와 함께할 기대만큼이나 '그 한 사람'에 대한 그리움이 커 둘 중 어느 누구에게도 웃어줄 수도, 울어줄 수도 없었어요. 아마 엄마가 나에게 꽃신을 보내주지 않았다면 내 결혼식은 장례식 같았겠죠.

엄마가 반전을 가져왔어요. 내가 소원했던 것이 내가 주인공이 되어서 축하받는 날 이루어진 거예요. 엄마를 한 번만 만나는 것이요! 이모가 성스러운 의식을 치르듯이 꽃신을 두 손에 공손히 받쳐 저에게 주셨을 때, 내가 그동안 소원했던 것이 바로 이것이었다는 것을 알았어요.

내가 혼자 남아 있지 않다는 작은 믿음이 중요했던 거지요. 그런데 엄마의 꽃신은 제가 얼마나 그 작은 소원에 목말라했는지를 알게 해주었어요. 엄마가 아꼈던 꽃신을 신는 순간 이 세상에서 어머니였던 사람들은 죽지 않는다는 것을 깨달았어요. 내 가슴속 슬픔의 우물에 황금 물고기가 헤엄치고 있다는 것을 몰랐던 것이 이상하게 여겨졌어요.

엄마의 꽃신은 이제 거실 소파에 앉으면 저절로 눈에 들어오는 곳에 놓여 있어요. 엄마와 내 기억이 소녀를 여자로 키웠듯이, 엄마의 꽃신은 이제 나를 '죽지 않는 어머니'로 키워낼 거예요.

우리가 만날 2999년의 어느 날을 소원하며

딸아.

너를 혼자 두고 떠나려는 그때, 너의 눈물 한 방울이 깊은 강물이 되어 내 심장을 흘렀어. 그러자 내 안에 무엇인가가 기도했단다.

'천년 후, 우리를 다시 만나게 해주세요. 제가 아이의 딸이
되고 아이는 제 어미가 되게 해주세요. 제가 아이에게 주려고
했던 사랑을 아이에게서 받게 해주세요. 아이가 제게서 받으
려 했던 사랑을 저에게 주게 해주세요. 회한 없는 사랑을 하게
해주세요. 아이가 어미가 되어 어미를 잃는 슬픔을 겪게 하지
마세요. 제가 아이의 딸이 되어 지금 이 아이의 슬픔을 갖겠습
니다.'

딸아, 엄마는 살아서는 성이 되어 너의 생명을 키우고 싶었
고, 방패가 되어 너의 생명을 지키고 싶었어. 네가 아니었다면
엄마는 죽어서 무엇이 되었을까? 엄마는 살아 있는 자들이 볼
수 없는 밤하늘의 가장 바깥에서 외로운 딸이 잠든 새벽을 천
년 동안 지킬 거야.

엄마는 밤하늘의 너의 별이야.

---

* 지인이 돌아가신 엄마의 꽃신을 신고 결혼한 조카의 이야기를 들려주었습
  니다. 늦었지만 이 이야기를 조카 분의 결혼 선물로 드립니다.

천년 후, 우리를 다시 만나게 해주세요.

제가 아이의 딸이 되고 아이는 제 어미가 되게 해주세요.

제가 아이에게 주려고 했던 사랑을 아이에게서 받게 해주세요.

아이가 제게서 받으려 했던 사랑을 저에게 주게 해주세요.

회한 없는 사랑을 하게 해주세요.

아이가 어미가 되어 어미를 잃는 슬픔을 겪게 하지 마세요.

제가 아이의 딸이 되어 지금 이 아이의 슬픔을 갖겠습니다.

하고픈 말 한마디
나누지 못하더라도

"세계란 것은 여러 가지 가능성을 내포하고 있다.
따라서 가능성의 선택은 이런 세계를 구성하는 개개인에게
어느 정도 위탁되어 있다."
_무라카미 하루키, 《세계의 끝과 하드보일드 원더랜드》

택시 안에서

택시 요금을 내려고 조수석 왼쪽 바닥에 놓았던 가방을 무릎 위에 놓고 연다. 장지갑이 세로로 서 있다. 살면서 지갑이 서 있는 것은 처음 본다. 언제나 나는 지갑을 가방의 제일 밑바닥에 깔고 그 위에 필통을 얹고 또 그 위에 안경집을 놓는다. 더구나 오늘은 강연 자료집을 한 겹 더 얹어두었기에 지갑이 가방 안에서 서 있는 것이 마술 같다.

"이야, 지갑이 세로로 서 있네! 재밌다."

혼자 오래 살다 보면 남들이 속으로 하는 이야기를 대놓고 하는 버릇이 생긴다. 여태까지 갖은 수다를 떨던 운전사가 처음으로 아무 말도 하지 않는다.

집에서

참 긴 하루였다. 이제 잠자리에 들 시간이다. 하루를 끝내는 의식을 시작한다.

첫 번째, 가방 정리하기. 가방을 뒤집어 쏟아낸다.

'어! 필통이 없네.'

손을 가방 안으로 넣어 이리저리 찾아보지만 진짜로 없다. 머리가 아프다. 천천히 심호흡을 하고 어디서 필통을 잃어버렸나 냉정하게 점검해본다. 카페에서 마지막으로 가방을 열고 모두 다 있는 것을 확인한 것까지 기억이 난다.

"내 필통, 소중해서 진짜 아껴 썼는데, 어디 갔어?"

내가 독일 유학에서 돌아왔을 때, 지금은 돌아가신 아버지가 선물이 아닌 척 "나는 이런 거 쓸 일 없다. 너 써라" 하시면서 주신 좋은 만년필과 볼펜이 거기에 들어 있었다. 아무리 하루의 궤적을 추적해도 결단코 필통을 잃어버릴 만한 순간은 없었다.

그제야 장지갑이 서 있는 것이 실마리가 되어 택시와 택시 기사에게 가졌던, 조각난 퍼즐과도 같은 의문들이 하나하나 맞추어졌다. 나는 필통을 도둑맞은 것이었다. 뉴스에서 많이 보았던 사건의 한 현장에 내가 있었다는 것을 알게 되었다. 무사히 살아 돌아온 것에 감사해야 할 지경이었다.

머릿속에 들어 있는 기억의 사진들을 한 장 한 장 논리적으로 끼워맞추고 분석하기 시작했다.

첫 번째 기억

오늘은 비가 억수같이 내리는 토요일 밤이었다. 택시가 씨가 말랐다. 정동에서 시청 앞을 지나 한국은행 근처까지 택시를 찾아 걸었다. 결국 비 내리는 검은 거리 모퉁이에서 하얗게 빛나는 택시를 만났다.

동행한 선배가 먼저 내려야 해서 나는 앞자리의 문을 열었다. 택시 문을 열면서부터 이상한 느낌이 들었지만 힘들게 잡은 택시이니 놓칠 수 없다는 생각이 먼저였다. 문짝에 아무런 글씨도 문양도 없이 차체가 그냥 하얗다는 것이, 택시라면 당연히 써 있어야 할 운수회사 표시도, 개인택시 표시도 없었다는 것이, 자리에 앉고 나서야 선명히 떠올랐다.

두 번째 기억

앞자리에 앉아 가방을 운전석 쪽 바닥에 놓았다. 너무 지쳐 있어서 가방을 무릎에 올려놓기도 힘들었다. 게다가 직접 운전을 하지 않을 때는 차멀미를 해서 몸을 최대한 편하게 해주어야 했다. 뒷자리에 앉은 선배가 행선지를 말하는 동안 나는 택시 안의 면허증을 흘끗 보았다. 개인택시의 등록증이 붙어 있었다. 행선지를 주고받자마자 길이 막힌다고 하면서 이야기를 하는데, 표준어를 구사하고는 있었지만 말투에서 연변 억양이 미세하게 느껴졌다.

'개인택시인데 어떻게 연변 말투의 운전사지?'

다시 내 눈은 택시 안을 둘러보고 있었다. 택시라면 으레 있어야 할 가나다 휴무 표시가 보이지 않았다.

'그럼 이 택시는 언제 쉬지?'

택시는 꽉 막혔던 소공동 사거리를 지나 어느덧 남산 터널을 무섭게 달리기 시작했다. 운전사는 운전을 험하게 했다. 속이 약간 미식거렸다.

용산에서 선배는 "우리 공주님, 잘 데려다주세요" 하면서 먼저 내렸다. 선배가 간혹 장난삼아 나를 공주님이라고 부르기는 했지만 낯선 사람 앞에서 그런 표현을 쓰는 것은 처음이었다. 마치 내가 이 사람을 얼마나 귀하게 여기는지 너도 알아두어야 한다고 전하는 듯한 느낌이었다.

다시 출발을 하면서 운전사는 뽕짝을 귀가 찢어져라 세게 틀었다. 토할 것 같았다.

내 눈은 나도 모르게 택시의 문이 자동으로 잠기는지를 확인한다. 아니었다. 정말 낡고 후진 차였다. '다행이다'라고 생각했다.

이내 내 앞에 있는 등록증의 이름과 등록번호를 나도 모르게 외우고 있는 것을 알고 스스로 놀란다. '이걸 외워서 어쩌려고. 가짜면 소용도 없는데'라고 마음이 말을 한다.

드디어 나는 의식적으로 의지를 내어, 눈길을 약간 돌려, 등록증 사진의 얼굴과 내 옆에 앉아 있는 기사의 얼굴을 대조했다.

마음이 조용히 말한다.

'얼굴이 다르네.'

통상은 여기서부터 매우 침착하고 지혜롭게 대처해야 한다. 그럴 듯한 핑계를 대 택시를 세우고 내린다. 운전사가 본색을 드러내고 계속 운전을 하면 택시 문을 열어젖히고 죽든 살든 한판 붙는다. 핸들을 잡고 있는 무방비 상태의 그를 때리고 물어서 완전히 제압한다. 결론은 여하튼 나는 털끝 하나 안 다치고 살아야 한다는 것이다.

예전에도 그랬다. 대학교에 다니던 때, 한창 운행 중이던 택시의 뒷좌석에서 머리가 부스스한 남자가 일어났던 적이 있었다. 그때 나는 오늘은 내가 죽는 날이다 싶어서 달리는 택시문을 열고 울고불고 했다. 사실은 운전기사 아저씨가 술을 마셔서 뒷자리에서 눈을 붙이고 친구가 대신 운전을 해주고 있었단다. 그때 아저씨들은 미안하다면서 택시 요금도 받지 않았다. 살벌하지만 코믹했던 추억이다.

'무슨 사정이 있겠지.'

마음에서 한 점의 불안도 일어나지 않았다. 일말의 동요도 없었다. 사실 마음의 흔들림이 없었다는 것도 기억을 더듬으면서 안 것이지 그때의 내 마음은 철저하게 내가 처한 현실만을 말할 뿐이었다. 얼굴이 다르다. 그게 다였다. 끝. 아무런 생각도 나지 않았다.

내가 자기를 바라보는 것을 안 그는 옆눈으로 나를 보았다. 나는 남에게 부탁을 할 때 그렇듯이 미소를 지으면서 "저, 라디오 볼륨 좀 낮춰주시겠어요?"라고 말했다. 그가 아예 라디오를 껐다. "감사합니다"라고 말하며 나는 의자에 좀더 깊숙이 몸을 넣었다.

'참 이상한 밤이야. 하지만 평온해.'

그의 얕은 마음은 꿈을 좇아 흔들리고 악몽을 피해 도망가지만

그의 깊은 마음이 사랑으로 다시 세워지기를 빕니다.

오늘은 그와 제가 위험한 나라의 검은 거리에서 만나

서로 모질게 헤어졌지만

내일은 좋은 나라의 푸른 강가에서 만나

서로 하고픈 말 한마디 나누지 못하더라도,

그저 마주 보고 좋아서 웃기만을 빕니다.

네 번째 기억과 추측

음악은 껐지만 그는 사람의 혼을 빼놓기로 작정한 듯이 큰 소리로 수다를 떨었다. 세빛둥둥섬이 보이자 손가락으로 가리키면서 전 서울 시장의 욕을 크게 해대었다. 욕이라는 것은 이상해서 함께 맞장구를 치지 않으면 남을 향한 욕도 자신에게 향해지는 것 같다. 상스러운 욕에 귀를 닫고 싶어서 흉측한 인공섬만 줄창 쳐다보았다. 아마도 그때 그의 오른손이 내 가방 안으로 들어왔던 것 같다. 지갑 위에 놓여 있었던 가죽 필통을 먼저 꺼냈을 것이다.

그런데 내 강박증이 범죄를 이 정도에서 마무리한 것 같다. 내게는 택시를 타고 아는 장소에 갈 때면 택시 요금을 미리 준비하는 지점이 정해져 있다. 오늘처럼 강북에서 어머니 집에 갈 때는 반포대교 남단 첫 번째 신호등 약 300미터 전에서 택시 요금을 넉넉하게 꺼내둔다. 그가 지갑을 왼쪽 구석으로 몰아세워 빼내려는 순간이 내가 요금을 준비하는 즈음이던 것 같다. 드디어 발 옆에 놓았던 가방을 내 무릎 위로 올리고는 혼자 서 있는 지갑이 신기해서 아무 생각도 없이 "이야, 지갑이 세로로 서 있네! 재밌다" 하고 감탄했던 것이다.

그와 나를 위한 기도

오늘 저는 관 속에서 살아 돌아온 것 같습니다. 죽었던 자가 살아 돌아올 때에는 '어딘가에 감춰진 이 세계의 심장에서 오는 빛'을 가지고 온다고 합니다. 오늘 저는 마음을 비우는 법과 마음을 자유롭게 하는 법을 지옥에서 가지고 나온 것 같습니다.

서로 다른 방향으로 달리다 '오늘'이라는 지점에서 스쳐 간 그가 지금쯤 어디에 있을까 궁금합니다. 그도 그때 저와 같이 관 속에 있었습니다. 아버지의 사랑과 딸의 그리움이 담겨 있는 필기구가 그의 손에 있기를 바랍니다. 그의 얇은 마음은 꿈을 좇아 흔들리고 악몽을 피해 도망치지만 그의 깊은 마음이 사랑으로 다시 세워지기를 빕니다.

오늘은 그와 제가 위험한 나라의 검은 거리에서 만나 서로 모질게 헤어졌지만 내일은 '좋은 나라의 푸른 강가에서 만나 서로 하고픈 말 한마디 나누지 못하더라도, 그저 마주 보고 좋아서 웃기만'을 빕니다.

별이 전해준
이야기

"저 아이는 눈으로 볼 수 없는 은밀한 세계를 가지고 있어야 해.
그러면 이 세상이 살기 어려울 정도로 추악해도
저 아이는 상상의 세계 속에서 살아갈 수 있을 거야."
_베티 스미스, 《나를 있게 한 모든 것들》

위로가 필요했다

"민용아, 일찍 들어오시게."

내가 나가는 소리를 들으신 할머니는 잠자리에서도 걱정이시다. 어린 시절 나를 가르치셨던 칼칼한 목소리로 일침을 놓으신다.

"네."

짧게 대답을 한 뒤 스쿠터를 끌고 대문 밖으로 나선다.

집 밖으로 나서면 나는 과거로 들어서는 것 같은 착각에 빠져들곤 한다. 이곳은 내 유년의 추억이 살아 있는 곳이다.

골목은 장정 두 사람이 나란히 서면 꽉 찰 정도다. 게다가 사람들의 집을 따라 멋대로 뻗어 있어서 밤마다 스쿠터를 밀고 나갈 때면 동물의 매끄러운 몸통을 타고 내려가는 것 같다. 우리가 살고 있는 골목은 행세깨나 하는 사람들이 달동네라고 부르는 너저분한 곳이다. 돈푼깨나 있는 사람들에게는 미군부대가 떠나고 나면 노른자위가 되는 돈 덩어리다. 하지만 그들은 그것밖에 모른다. 이 골목이 사람의 상처를 치유해주는 곳이라는 것을 전혀 알 길이 없다. 이유는 간단하다. 그들은 이 골목 안에서 살아본 적이 없기 때문이다.

골목은 골목 안에 사는 사람들에 의해 매일매일 새로운 풍경과 빛깔을 입는다. 특히 내가 날라리(내 친구 인경 씨가 붙여준 별명이다)처럼 도시의 밤을 찾아 나가는 시간이면 골목은 한 마리의 동물처럼 살아 움직인다. 사람의 키를 조금 넘는 처마 사이에서 새어 나오는 부드러운 불빛, 빛 사이를 채우는 그릇 부딪치는 소리와 다정한 말소리, 소리들을 이어주는 밥 냄새와 사람들의 냄새는 어렴풋한 행복의 꿈을 확실하게 보여주는 것 같아 나를 감동시킨다. 스쿠터의 엔진을 끄고 이 골목길을 내리고 오르는 것도 꿈과 같은 현실에 대한 존경의 표시이다.

내가 아들 민용이와 함께 이곳에 찾아온 것은 위로가 필요했기 때문이라는 것을 이 골목에 살면서 알게 되었다.

민용이가 여섯 살이 되던 해였다. 나는 민용이를 무척이나 좋아해서 아내에게 저녁때 애를 재우고 내가 일을 마치고 집으로 돌아오는 시간에는 아이를 깨워놓게 했다. 30분이면 30분을, 한 시간이면 한 시간을 둘이서 레슬링도 하고 책도 읽고 밤참도 먹으며 보냈다. 아내는 내가 유난을 떤다고 싫어했고 자다가 깨야 하는 민용이도 자주 신경질을 내기는 했지만, 나는 그러지 않으면 자는 아들만 봐야 했다.

그러던 어느 날 나와 함께 동화책을 보던 민용이는 주변을 살피더니 제 엄마 몰래 비밀 이야기를 할 때 늘 그러듯 내 귀에다 뜨거운 입김을 내뿜었다.

"아빠, 삼촌이 엄마 뺨 때렸어."

"삼촌?"

몇 달 후, 나는 이혼을 했다.

할머니와 아들과 나

그리고 또 몇 달이 더 흘렀다. 나는 민용이를 데리고 나를 길러주신 할머니 댁으로 들어왔다. 사람들은 할머니를 봉양하기 위해 내가 희생해서 들어온 것으로 알고 있다. 작은아버지들과 작은어머니들 중 어느 분도 할머니와 같이 사는 것을 꺼려하지는 않았지만, 평생을 사신 집에서 돌아가시기를 원하는 할머니의 뜻을 꺾을 수는 없었다. 할머니의 거취 문제로 가족 간에 의견이 분분하던 때, 나는 하던 카페도 집어치우고 폐인처럼 살고 있었다.

민용이는 더욱 심각했다. 갑자기 이 세상 전부였던 엄마가 사라진 것이었다. 게다가 아이는 직감적으로 그리고 어린아이다운 환상까지 작용해서 이 모든 불행을 자기 탓으로 여겼다. 자기 때문에 엄마 아빠가 불행하다고. 밤마다 민용이는 몰래 기도를 하며 울었다. 아이를 살려야 했다. 그런데 나는 내 아이를 살릴 수가 없었다. 아이의 아버지인 나 역시 병들어 있었다. 무엇인가를 하려 했지만 아무것도 할 수 없을 때 할머니가 손을 내미셨다.

"동석아, 네 아들 데리고 할미한테 오거라."

이 골목 안에서 민용이와 나는 솔직하게 사는 법을 배웠다. 비밀 없이 산다는 것이 여기서는 참 쉬웠다. 다닥다닥 붙어 있는 집들처럼 골목 안 사람들의 삶도 얼키설키 이어져 있어서 비밀을 지키려 해도 지킬 수가 없었다. 아이와 나의 상처는 숨기고 싶은 치부가 아니었다. 이 골목 안에서는 세상에서 일어날 수 있는 온갖 일 중의 하나일 뿐이었다. 그리고 그것은 이웃들의 안쓰러운 눈빛과 수줍게 내미는 반찬 한 보시기로 감싸 안아지는 대수롭지 않은 상처였다.

우리가 점점 나아지는 동안 할머니는 계속 병약해지셨다. 나는 전적으로 집안일과 아이를 키우는 일에 매달렸다. 민용이가 초등학교에 다니는 6년 동안 나는 직업을 갖지 않았다. 월세가 들어오는 것에 맞추어서 알뜰하게 살림을 했다. 민용이는 학원 같은 데는 안 보내고 내가 직접 가르쳤다. 민용이를 가르치는 김에 동네 또래 아이들을 불러 같이 가르쳤다. 골목 안 사람들은 나를 '선생 아저씨'라고 불렀고, 나는 나를 그렇게 불러주는 사람들 틈에서 행복해지기 시작했다.

소년에게 사랑을

이 골목에서의 일상은 내가 품은 독을 없애주는 해독제가 되었다. 오늘도 나는 내 유년의 골목에서 가슴이 벅차오르는 위로를 받는다. 나는 문득 달동네 위로 떠오른 검은 하늘을 본 다. 도시에서는 더 이상 별을 볼 수가 없다. 어린 시절처럼 별 이 뜨는 하늘을 볼 수 있다면 별 하나는 내 아들 민용이 별이 되었을 텐데. 별 대신에 검은 하늘 전부가 민용이 얼굴이 된다. 이제는 먼 외국의 기숙학교에서 공부를 하는 민용이와 하루에 한 번은 전화를 하는데도 걱정이다. 그 아이는 내 '살 속의 가 시'이다.

사랑을 알기도 전에 사랑의 이면을 겪은 아이가 그만의 사 랑을 찾기 위해 얼마나 많은 밤을 의심하고 얼마나 많은 날을 괴로워할 것인가를 생각하면 내가 그 아이의 아버지인 것이 너무 미안하다.

매일 밤마다 아이는 할머니를 안고 잤다. 할머니의 말라붙은 젖가슴에서 제 어미의 온기를 추억했을 것이다. 허기진 그리움을 먼저 알아버린 그 아이의 작은 몸을 이 세상 무엇이 채워줄까를 생각하면 내가 그 아이의 아버지인 것에 너무나도 염치가 없어진다.

밤하늘을 가득 채운 민용이 얼굴을 보며, 아이의 얼굴 속에 숨어 있는 별 하나에게 말한다.

"별아, 민용이가 사는 그곳의 밤하늘에서 그 아이를 찾아주렴. 사랑을 찾아 헤매는 소년에게 친절하고 아름다운 예정을 마련해주렴. 그 아이의 마음의 버팀목이 되어 가장 먼 곳에 대한 사랑을 알려다오. 그러면 아이의 채워지지 않은 그리움은 사랑이 지나가는 통로가 되어 몸을 울릴 텐데……."

나는 어쩌면 이 세상에서 가장 어설픈 아버지겠지만 아들에 대한 바람에 있어서만큼은 그러고 싶지 않다. 나의 바람이 아이가 살고 있는 곳 밤하늘의 별이 되어 벌써 사랑을 믿지 않으려는 소년의 머리 위에서 반짝이기를 바란다. 소년이 무엇에 이끌린 듯이 눈을 들어 별을 보았을 때, 세상에 대한 사랑이 뭉클 피어오르기를 바란다. 그 순간 소년의 깨진 마음이 별빛으로 채워지기를 바란다.

　나는 매일 빈다. 아이가 별빛이 반짝이는 곳, 옳고 그름도 넘어선 그곳에서 사랑을 만나기를. 그래서 아이가 사랑으로 빛나기를.

별아,

민용이가 사는 그곳의 밤하늘에서 그 아이를 찾아주렴.

사랑을 찾아 헤매는 소년에게 친절하고 아름다운 예정을 마련해주렴.

그 아이의 마음의 버팀목이 되어 가장 먼 곳에 대한 사랑을 알려다오.

그러면 아이의 채워지지 않은 그리움은

사랑이 지나가는 통로가 되어 몸을 울릴 텐데…….

별까지는 걸어서 갈 수 없다

당신은 행운의 과자를 먹어본 적이 있나요? 만두처럼 생긴, 속으로는 행운의 쪽지를 넣어 튀긴 과자를 깨물어본 적이 있어요? 사람들은 행운의 말을 감쌌던 과자를 먹기도 하고 안 먹기도 하는데 나는 꼭 먹습니다. 먹을 수 있는 것을 그냥 버리는 게 아까워서요. 하지만 좀 격식을 따지는 사람은 먹지 않더군요. 그 속의 행운만을 가질 뿐이지요. 당신은요? 당신이 과자를 먹는 사람이라면 당신의 서글서글함을 좋아할 거예요. 당신이 과자를 먹지 않는다면 당신의 세련된 매너를 좋게 생각하겠지요. 그러니 상관없어요. 먹든 안 먹든.

행운의 과자에서 당신은 어떤 행운을 건졌나요? 나는요, 이제껏 여러 행운을 과자 속에서 꺼내보고는 웃고 금세 잊었지만, 며칠 전 이 행운의 말만은 평생 간직할 것 같아요.

"별까지는 걸어서 갈 수 없다."

이 행운의 글을 읽는 순간 아름다운 말이라고 생각했어요. 그리고 '걸어서 갈 수 없다면 어떻게 가지?' 하고 생각했지요. 함께 글을 읽은 친구들은 별은 허황된 꿈이다, 지나친 이상주의를 삼가라, 불가능한 꿈을 갖지 말라고 해석해줬어요. 친구들의 해석이 정답이겠지만 나는 내 오답을 포기할 수가 없었어요. 당신의 해석은 어떤가요?

나도 알아요. 걸어서 하늘까지 인간이 어떻게 가겠어요? 하지만 별을 꿈꾸는 것은 참 아름답지 않은가요? 절대적으로 불가능하다는 점에서 별을 향해 걷는다는 것이 심지어 위대하게 느껴지지 않나요? 아름다움은 인간 안에 있는 신적인 것들 중의 하나라고 생각해요. 인간이 신은 아니지만 인간의 아름다움이 신적인 것일 수는 있지 않을까 생각해요. '아름다움은 힘들다'는 옛말은 인간이 인간일 수 있는 조건이 얼마나 혹독하고 위대한지를 말해주지요.

별까지 걸어서 간다는 것은 유한한 존재이면서도 무한을 현실의 삶 속에 끌어들이려 하고, 시간의 흐름 속에 살면서도 영원하려고 하는 당신과 나의 이야기인 것 같지 않나요?

그래요, 둘 중 하나만을 선택하는 쉬운 일로는 아름다울 수 없어요. 모순을 함께 선택할 때에만 아름다울 수 있죠. 모순 앞에서 항상 좌절할 수밖에 없는 인간은 아름다워요. 좌절하는 인간은 위대해요.

별까지 걸어가기는 모순의 길을 걷는 것이다

나는 별로 향하는 길을 걸을 거예요. 이 길은 끝도 없고 심지어 늘 움직이는 길일 것 같아요. 어쩌면 늘 시작에 머무르는 길일 것도 같아요. 하지만 갈 수 없는 길에 대한 두려움을 유연하게 내려놓는다면 이 길은 언제나 거기 있을 거예요. 사막을 걷는 사람에게 지평선이, 바다를 항해하는 사람에게 수평선이 언제 어디서나 다다를 수 있는 끝이듯 말이지요.

어떤 이는 세상에 끝이 있다고도 하고 어떤 이는 세상에 끝이 없다고도 하지요. 세상에 끝이 있든 없든 나는 상관없어요. 나는요, 어느 때에는 이런 느낌이 들어요. 인생은 심연에 대한 공포 때문에 외마디 비명을 지르며 무시무시한 속도로 추락하는 것 같다는. 우리는 심연의 밑바닥에 부딪쳐 부서지는 것을 두려워하죠. 하지만 우리의 삶은 그 심연의 끝까지 추락할 만큼 길지 않아요. 우리가 수평선 끝에서 예감하듯이 깊은 심연은 계속 거리를 지키며 멀리 있을 뿐이지요. 추락 그 자체는 무서울 수 있지만 심연에 대한 두려움은 문제되지 않아요.

그래서 나는 무시무시한 인생의 속도와 반대로 별을 향해 아주 천천히 움직일 거예요. 남들이 보았을 때 게으르다 싶을 정도로요. 낯선 곳에서 친구의 집을 찾아온 방랑자처럼 이 골목 저 골목을 다닐 것이고 번잡한 인파 속으로 들어가 이것저것을 물을 거예요. 숲에 접어들면 피곤하지 않아도 굳이 낮잠을 한잠 늘어지게 잘 거고 왕성한 식욕을 채우기 위해 음식을 구할 거예요. 사람들은 내가 그곳에 살고 있다고 생각하겠지만 나는 거기에 살지 않아요. 나는 별을 향해 가고 있는 중이죠. 천천히 옮겨놓는 발자취에는 분주한 발걸음이 담겨 있지만 어느 때에는 나조차도 내가 별을 잊고 산다고 생각할지도 몰라요.

하지만 나는 한시도 별을 그리워하지 않은 적이 없어요. 별까지 떠나는 여행은 끝이 없는 길을 선택해서 떠나는 것이죠. 그 길은 일상의 힘으로는 닿을 수 없는 길이라고 생각해요. 그곳에서는 이 세상이 우리에게 요구하는 노력이나 성실, 효율, 성취가 그다지 중요하지 않은, 어쩌면 아예 무가치한 덕목일지도 모른다고 생각해요.

그렇다고 해서 그 길이 요행의 길이거나 행운이 따라주어야만 갈 수 있는 길이라고 생각하는 것은 아니에요. 우리가 행운이라거나 우연의 도움이라고 생각하는 것들은 근원에 이르는 길이 그렇게 짧다는 것에 대한 놀람이지요. 방황이라고 느껴지는 행위가, 낭비라고 부르는 비생산적인 흐름이, 게으름이라고 부르는 허황된 꿈이 원천을 향한 뒷걸음질일 수 있어요.

길 안에서 길을 넘어서는 자만이 별을 향해 갈 수 있다

별이라는 소망을 향해 걷는 것은 세상의 눈으로 보면 뒷걸음으로 걷는 것일지도 모르겠어요. 이 세상 안의 모든 길을 걸을 수 있다면 당신과 나는 살다가 한 번쯤은 세상의 바깥쪽으

로 달려야 해요. 길 안에서 길을 넘어서는 모순의 길에서 내가 가는 곳이 곧 길이 될 테니까요. 내가 길이 된다는 것이 아름답지 않나요?

나와 길이 분리되어 그 길을 걸어내려고 하는 한, 그래서 목적지에 도착하려고 하는 한, 나는 길을 걷는 자가 될 수 없어요. 그 길을 벗어나려고 한 나는 진짜 사막에 갇힌 자, 바다에서 헤매는 자가 될 거예요.

나는 길을 넘어서서 길 밖에서 길을 따라 걸을 거예요. 그렇게 걸어서 별에 닿을 거예요.

당신은요?

이 모든 것이 사랑이 아니라면

초판 1쇄 인쇄 2014년 9월 15일 초판 1쇄 발행 2014년 9월 25일

지은이 정인경
펴낸이 연준혁

출판 7분사 분사장 김은주
편집 최은하
디자인 윤정아
일러스트 조성흠 www.tomnlemarr.com
제작 이재승

펴낸곳 (주)위즈덤하우스 출판등록 2000년 5월 23일 제13-1071호
주소 경기도 고양시 일산동구 정발산로 43-20 센트럴프라자 6층
전화 031)936-4000 팩스 031)903-3893 홈페이지 www.wisdomhouse.co.kr
종이 월드페이퍼 인쇄·제본 (주)현문 후가공 이지앤비

국립중앙도서관 출판시도서목록(CIP)

이 모든 것이 사랑이 아니라면 / 지은이: 정인경. -- 고양 :
위즈덤하우스 , 2014
　　p. ;　cm

ISBN 978-89-5913-830-2 03810 : ₩11000

수기(글)[手記]
한국 현대 문학[韓國現代文學]

818-KDC5
895.785-DDC21　　　　　CIP2014026259